Victor Jestin

La mauvaise joueuse

roman

Flammarion

L'auteur a bénéficié, pour l'écriture de ce roman,
d'une bourse Emmanuèle Bernheim octroyée
par le Fonds de Dotation Vendredi Soir en 2022
et d'une résidence aux Correspondances de Manosque.

ISBN : 978-2-0804-6915-1

« L'enfant qui joue habite une aire
qu'il quitte avec difficulté. »

DONALD WINNICOTT,
Jeu et réalité

Je n'espérais rien et un bowling est apparu. J'ai su que c'était un bon bowling. Je l'ai su à la façon dont BOWLING était écrit, en lettres violet néon. Ça ne clignotait pas. Les mauvais bowlings clignotent. Ils aguichent. Celui-ci ne cherchait pas à plaire. Il était tranquille, souverain dans la nuit, au bord de la nationale. Les voitures passaient devant en sifflant sur le bitume mouillé, et chacune semblait rater sa chance, foncer vers sa perte.

J'ai eu envie. Sans doute aurais-je résisté si je m'étais trouvée moi aussi en voiture. Avec la vitesse, je n'aurais senti qu'une brève tentation, vite oubliée. Seulement j'étais à pied, dans un champ. J'ai enjambé le fossé. De la boue a giclé sur mes bottines. Au bord de la route, j'ai attendu pour traverser. Les voitures fusaient. Je pensais à ma silhouette dans leurs phares. On devait me prendre un instant pour une bête. Une biche ou un chevreuil. Un instinct de bête me poussait d'ailleurs à me jeter sans attendre, au hasard. Au premier silence, j'ai couru. Au-dessus de ma tête un panneau immense indiquait Saint-Nazaire à quinze kilomètres. Le vent était froid. Il pleuvait. C'était un mardi soir, en novembre.

J'ai atteint l'autre côté, longé la barrière jusqu'au parking. Je devais être la première à venir ici à pied. J'en ai conçu une petite intimité avec la zone, comme un paysage mérité au bout d'une longue promenade. Devant moi se dressait un grand hangar en tôle, un hangar laid, transfiguré d'un coup de néon. En faisant le tour du bâtiment, j'ai découvert ce que la perspective m'avait caché : un Buffalo Grill, un hôtel Formule 1, un karting et un laser-game, tout un archipel.

Il fallait choisir. J'ai commencé par le bowling. J'ai franchi la porte et traversé un tunnel. Je n'entendais pas de musique, signe de bon goût, rien que le bruit des boules et des quilles, et quelques lointains éclats de rire, de joie ou de rage. J'ai débouché sur une grande salle noire et violette, chauffée. Dix pistes se déployaient à intervalles harmonieux. Il y avait un billard, un bar lounge et une zone d'arcade en contrebas. Tout était lisse, le sol, les murs, la peau des gens. Tout le monde avait le même bracelet fluo. J'en ai voulu un aussi. Je me suis approchée des pistes. Je l'ai fait calmement, sans courir. Pourtant des gens me regardaient. Ce devait être à cause de la boue, ou de mes cheveux trempés. Ou d'autre chose encore. Je suis allée vérifier aux toilettes.

J'étais normale. Une trentenaire peut-être un peu fatiguée, venue faire un bowling en oubliant son parapluie. Mon grand corps gauche, mes taches de rousseur et mes yeux ronds me donnaient l'air gentil. J'ai passé mon manteau sous le sèche-mains. Tant qu'on ne me voyait pas, j'ai fait la même chose avec mes cheveux puis avec mon jean qui me collait aux cuisses. J'ai nettoyé mes bottines. Un instant, devant le miroir, je me suis demandé ce que je faisais là, puis je suis retournée dans la salle.

Je me suis assise au bar et tournée vers les pistes, disponible, afin que l'on me propose une partie. Personne n'y a pensé. Ça ne se faisait pas. Les gens se rendaient au bowling en groupes déjà constitués. Tous étaient au complet. C'étaient des familles, des amis, des collègues en team building.

La plupart ne savaient pas jouer. J'en voyais qui tenaient la boule dans le mauvais sens, d'autres qui ne prenaient pas d'élan. D'autres encore semblaient contents de rater. Ils lançaient leur boule dans la gouttière et riaient.

Les regarder m'irritait, comme s'ils piochaient dans mon temps de jeu, ou dans mon temps de vie. Au comptoir, trois hommes s'inscrivaient pour une partie. Ils avaient mon âge et j'aurais parié qu'ils travaillaient dans l'immobilier ou la banque. Ils se déchaussaient. En échange, on leur tendait ces chaussures rouge et bleu qui donnent envie de faire des glissades. J'ai tenté :

— Bonsoir, est-ce que ça vous embêterait que je joue avec vous ?

J'avais trouvé le ton juste, poli, digne, détaché. Ils ont tout de même paru surpris, alors j'ai ajouté :

— J'attendais des amis, mais ils ont annulé.

Ils m'ont souri.

— C'est pas des vrais amis, alors. Viens avec nous bien sûr, on va pas te laisser toute seule.

— T'es pas trop forte, j'espère ? a demandé un autre.

— Je me débrouille.

— C'est quoi ton nom ? On va te rajouter.

— Kelly.

C'est ce qui m'est venu spontanément, le nom d'une joueuse américaine, Kelly Kulick.

J'ai payé ma part. On m'a mis le bracelet, donné les chaussures. Au moment de les enfiler, discrètement, j'ai reniflé dedans pour m'en rappeler l'odeur, intense, odeur de chaussettes, de patinoire, d'anniversaires avec les copains. Ça m'a émue. Ça faisait longtemps, au moins dix ans. Dix ans sans bowling.

Nous nous sommes installés piste 7. Les noms se sont affichés sur l'écran. J'étais la première. J'affrontais Benoît, Alban et Eddy. Ils me regardaient. Ils ne savaient pas quoi me dire.

— Qu'est-ce que tu fais dans la vie ? a essayé l'un d'eux.

J'ai répondu sans réfléchir :

— Si ça ne vous gêne pas, je préfère éviter de parler quand c'est mon tour, sinon je risque de me déconcentrer.

— Ah, d'accord.

J'ai rougi. La phrase était sortie trop fort. Je dosais mal ces choses. Ils ont échangé un sourire, que j'ai tâché d'ignorer. J'ai posé mon manteau. Mon pull me grattait. J'avais chaud.

J'ai étudié les boules sur le rail. J'ai choisi une 11. J'en ai fait le tour de la main, j'y ai placé mes doigts. Mon corps a trouvé son équilibre, il m'a semblé que tous mes gestes devenaient justifiés, que plus rien ne dépassait. Confiante, je me suis avancée dans cette zone d'élan où le sol est encore plus lisse. J'ai fait mes trois pas. J'ai armé mon bras. Ma main s'est mise à trembler. Surprise, j'ai lancé, et la boule est partie de travers, dans la gouttière. Sur l'écran, une mascotte en forme de quille a éclaté en sanglots.

Au bowling, il faut savoir rester de bonne humeur après un mauvais lancer, ce qui implique surtout de se retourner correctement vers les autres. Je les ai regardés avec un sourire amusé, les pommettes douloureuses, crispées par l'effort.

— Raté ! ai-je dit, la voix un peu haute.

— C'est pas grave, tu peux encore faire un spare !

J'ai passé ma main devant la ventilation. C'était normal, c'était la reprise, tout le monde se ratait à la reprise. La boule est remontée. Je l'ai saisie naturellement, sans trop réfléchir. Je me suis élancée, mais ma main s'est remise à trembler, et la boule est repartie dans la gouttière. Je me suis retournée encore en souriant. Le visage me tirait.

— Mince alors. Décidément.

— T'inquiète pas, on est nuls aussi.

Je me suis assise. Les autres ont joué, assez mal, mais ils marquaient des points, ils prenaient de l'avance. Le bras le long de ma jambe, discrètement, j'ai répété mon geste, entre souplesse et fermeté. Je les ai vus chuchoter et se retenir de rire. Je me retenais aussi. Je ne savais pas bien de quoi, mais je me retenais fort.

Mon tour revenu, j'ai changé pour une boule 12, plus lourde, qui stabiliserait ma main. J'ai fixé la piste. Un peu de sueur me piquait la peau. Mon cœur tapait contre mes côtes. Une petite odeur de drame soufflait dans l'air. J'ai pris mon élan et j'ai lancé – dans la gouttière.

La machine a soulevé les quilles. Un instant, le fond de la piste s'est ouvert sur le vide. Je suis restée au bord. Je me retenais toujours. Ce n'était pas grave, je le savais. Soudain pourtant, j'ai cessé de le savoir.

— Mais putain !

Mon cri a résonné. Tout le monde me regardait.

— Ça va pas ?

— Faut se calmer, c'est qu'un jeu.

J'ai eu l'idée de donner un coup de pied quelque part, peut-être dans le rail ou dans une chaise. L'envie est montée, fulgurante, comme monte la douleur dans un orteil cogné contre un meuble. Je me suis approchée du rail. Une comète lucide est passée dans mon cerveau ; à temps, je l'ai saisie et me suis rassise calmement.

— Désolée, je sais pas ce qui m'a pris.

Ils continuaient à me dévisager. Ils étaient choqués. Ce n'était rien. Je pouvais faire pire. Je ne savais plus pourquoi j'étais là. J'ai senti mes pensées dériver, quitter le bowling, vers d'autres problèmes. Je me suis reconcentrée sur la partie. Ils l'ont poursuivie sans plus oser parler. L'ambiance était endeuillée. Je méditais mon geste. Le problème était dans le poignet, je le cassais au dernier moment, ce qui orientait la boule à gauche, je devais me corriger. Et au lancer suivant, comme il arrive parfois après une bonne colère, j'ai commencé à bien jouer. J'ai fait un strike. Les quilles ont volé dans un bruit parfait, courte et intense profusion boisée. Une bouffée d'émotion m'a requinquée. Par décence, je suis demeurée impassible, l'air presque encore fâché.

— Ça va mieux, on dirait ?

J'ai lâché un sourire qu'ils ont dû prendre pour des excuses, mais au fond de moi un petit poing victorieux se serrait par-dessus le remords. J'ai compté discrètement les points, calculé ce qui me manquait pour passer en tête. Eux se sont remis à parler et à rire. Je n'écoutais plus. J'enchaînais les strikes. J'avais le geste et la confiance. J'étais bien. Tout allait bien.

Et à la fin, j'ai gagné. 170 points. Sur l'écran, la mascotte a dansé et *Kelly* est apparu en lettres d'or sur feu d'artifice. J'ai pensé au score que j'aurais pu faire si je n'avais pas raté mes premiers lancers.

— Une autre ?

J'avais proposé vite, les yeux fuyants, assez lâche.

— On va rester entre nous maintenant, ça fait longtemps qu'on s'est pas vus. Bonne soirée, et bravo, hein.

Ils sont retournés au comptoir. J'ai vu leurs dos qui riaient. Le *Kelly* en or a brillé encore un peu, puis l'écran s'est figé. J'ai eu froid. Il me fallait un autre groupe. Mais tout le monde m'avait vue crier. On me regardait mal.

J'ai parcouru les lieux. Le billard était pris par un groupe de filles qui avaient rentré la boule noire et continuaient à jouer en gloussant. Je suis descendue dans la salle d'arcade, déserte. Il y avait un flipper, deux tables d'air hockey, une cage de basket et des jeux vidéo. Dans un coin, un ado tuait des zombies au pistolet. J'ai hésité à l'aborder, trop tard, il est parti.

Dans l'urgence, j'ai choisi le flipper. C'était un modèle Stern Jaws en bon état. J'ai repéré les cibles et commencé. J'avais perdu mes réflexes. À la troisième partie, je les ai retrouvés. Je me suis approchée du record, mais un spinner m'a surprise et j'ai perdu ma bille. J'ai recommencé.

À un moment, les lumières se sont éteintes. Je n'entendais plus personne. J'avais des crampes aux doigts. Il était minuit. La tête du gérant s'est glissée dans la salle.

— On ferme.

— Je finis.

Il a attendu dans mon dos. J'ai tenu trois minutes et perdu ma partie. C'était terminé. Je suis restée encore un peu là, dans l'ombre, penchée sur la machine.

— Allez, madame, on sort.

Je me suis demandé ce qui arriverait si je refusais, si je ne bougeais pas. Quel serait leur protocole. Insister encore une ou deux fois. Me saisir par le bras, me tirer de force, et si je me débattais, appeler la police.

J'ai obéi. J'ai traversé la salle vide. Sans les lumières, ce n'était plus lisse, je voyais les jointures, les plinthes, les marches et le plafond bas. J'ai rendu les chaussures. En remettant les miennes, je suis redevenue gauche et lente, presque incapable de marcher, comme après la patinoire.

Dehors il faisait froid. Le parking était désert. De rares voitures passaient sur la nationale. J'ai contourné le bowling sans trop d'espoir. Le karting et le laser-game aussi avaient fermé. J'étais seule. Je ne savais plus où aller.

Une enseigne brillait encore au bout de la zone. C'était le Formule 1. J'ai compris que je dormirais là. J'étais trop fatiguée. À l'hôtel au moins je me reposerais. Je réglerais tout le lendemain.

LA MAUVAISE JOUEUSE

Les distances entre les bâtiments n'étaient pas pensées pour les piétons. Il m'a semblé marcher longtemps dans une vieille ville abandonnée.

J'ai pris une chambre à la borne automatique, longé un couloir de moquette. Je ne dormais jamais à l'hôtel. Quand j'ai découvert la pièce, un dernier plaisir a frémi, un instant j'ai eu envie de sauter sur le lit et de voler les shampoings, puis tout est retombé, la nuit véritable est apparue, comme une statue derrière un nuage de poussière.

Jusqu'alors, je ne jouais plus. Ni au bowling ni au flipper, ni aux échecs ni aux cartes ni à rien. Disons que sinon je m'impliquais un peu trop fort.

Mon abstinence ne datait pas d'un jour précis, je ne pouvais pas fêter son anniversaire comme le font parfois d'autres repentis, alcooliques, fumeurs et camés divers. Elle résultait chez moi d'un processus diffus, entamé dès la sortie de l'enfance. Une série d'incidents m'avait conduite à la certitude que le jeu devait quitter ma vie. J'avais trente ans maintenant et tout allait bien. J'avais un bon métier, un compagnon que j'aimais, des amis, un appartement et un projet d'enfant. Il a suffi d'une bêtise.

Ce mardi-là, il était dix-neuf heures et je m'apprêtais à rentrer du travail. J'étais comptable dans un bureau d'études en urbanisme à Savenay, en Loire-Atlantique. En passant aux toilettes, j'ai laissé tomber mon téléphone dans la cuvette. J'ai plongé ma main dans l'eau et récupéré l'appareil déjà mort. C'était un Nokia 3310, modèle antique choisi pour m'éviter les distractions. Un collègue a proposé de me dépanner en me prêtant un vieux Samsung qui ne lui servait plus. Je n'avais qu'à y glisser ma carte SIM. J'ai accepté. Je l'ai fait sans malice. Déjà pourtant, je pressentais ma faute.

J'ai quitté le bureau et rejoint ma voiture. La nuit était froide, il pleuvait. J'habitais à Saint-Nazaire, à vingt kilomètres d'ici. Avant de démarrer, j'ai sorti le portable pour le regarder. L'écran était lisse. J'ai eu envie de le toucher. J'ai écrit un message à Yann, mon compagnon. *Nouveau téléphone, c'est drôle, je te raconterai.* Il m'a répondu *Cool.* En balayant l'écran, une icône aux couleurs éclatantes m'a attirée. C'était un jeu. Candy Crush. J'avais souvent vu des gens y jouer, dans le bus ou dans le train. Il fallait trier des lignes de bonbons pour faire des combinaisons. J'ai voulu essayer. Juste une partie. Ce n'était jamais *juste une partie.* Je me suis retenue dignement. J'ai mis le portable au fond de mon sac et pris la nationale.

Mais sur la route, comme un visage étranger dans le rétroviseur, je me suis vue fébrile. J'écoutais Jefferson Airplane un peu trop fort, je sifflotais, je m'agitais dans une bonne humeur excessive et je savais pourquoi : je voulais contrer, neutraliser l'attrait du petit jeu dans mon sac. Tous ces efforts m'ont irritée. Je n'ai pas compris ce qui me rendait subitement vulnérable. Ce n'était qu'un jeu vidéo stupide. J'avais déjà résisté à pire. J'avais résisté au baby-foot installé dans la cafétéria de mon travail, aux mots fléchés dans les salles d'attente, aux fêtes foraines clinquantes, aux pubs géantes pour des sites de paris en ligne, au grand rayon jeux de société de la Fnac, à la table de ping-pong du square en bas de chez moi, aux émissions de télé où des candidats venaient répondre à des questions, tourner des roues, se tenir en équilibre sur un poteau, chanter ou cuisiner mieux que les autres. J'avais résisté toutes ces années sans le moindre écart, et de surcroît dans l'indifférence générale, car contrairement au tabac, à l'alcool ou à la cocaïne mon vice à moi n'était jamais considéré. On le pensait bénin. On admettait au mieux ses branches les plus saillantes, les jeux d'argent et les jeux vidéo, pour lesquels on faisait de belles affiches de prévention, grondait les ados, formait les psychiatres et les consciences, mais on oubliait le reste, on oubliait par exemple les dominos, la pétanque ou le Monopoly. Personne n'en mesurait l'abîme. Pas même mon compagnon. J'étais seule avec mon pauvre secret. On ne voyait pas ma discipline. On croyait tout bonnement que je n'aimais pas jouer, que je faisais partie de cette fraction de l'humanité, trop occupée, trop fatiguée, qui se fiche de perdre ou de gagner, pour qui tout cela n'est pas sérieux. Cette fraction de l'humanité qu'enfant je méprisais.

Je ne sais pas pourquoi, ce mardi soir et de la pire des manières, j'ai craqué. Peut-être justement parce que j'étais au volant, comme si une infraction officielle pouvait recouvrir mon infraction intime. Peut-être, plus simplement, parce que mes forces atteignaient ce jour-là leur limite, sans raison particulière, comme un organe qui cède, un cœur qui lâche. J'ai sorti le portable et ouvert Candy Crush en conduisant. J'ai lancé une partie. Le graphisme était coloré, la musique sucrée. Les combos s'accompagnaient d'un bruit satisfaisant. Un bon coup en provoquait d'autres en cascade. Il y avait un record. Je pouvais le battre. Mais je ne jouais que d'une main, et je regardais la route. Et donc je ratais des choses. Je faisais de graves erreurs. Je risquais de perdre, je risquais de mourir.

Soudain, il y a eu un choc, un grand bruit de métal et de verre. Tout a tremblé, la ceinture m'a scié la poitrine, mon crâne a cogné contre la vitre. J'ai dévié, braqué de justesse avant le fossé. Ma voiture a calé. J'avais percuté quelque chose, je ne voyais pas quoi. Dehors, tout se confondait dans les reflets de la pluie et des phares. J'entendais des klaxons, des voix et, quelque part sous mon siège, la musique du jeu qui tournait encore.

J'ai pensé : Je jouais, je n'avais pas le droit de jouer. Et j'ai redémarré. J'ai foncé tout droit. Je n'ai rien pensé d'autre.

Au bout d'un moment, j'ai compris ce qui se passait. Je m'enfuyais lâchement, scandaleusement. J'avais dû percuter une voiture qui arrivait d'une bretelle, ou une bête, ou une moto. J'avais peut-être blessé ou tué quelqu'un. Et je continuais à rouler. J'allais à 110. Mes mains tremblaient. Je tressautais sur la bande rugueuse. Je sentais un point grossir dans ma poitrine : la honte, la honte qui montait doucement, assurément, au rythme des grandes lignes blanches sur la route.

J'ai pris la sortie vers une aire de service. Je me suis garée au bout près des tables de pique-nique. J'ai coupé le moteur et essayé de réfléchir. Je n'y arrivais pas. Je devais appeler Yann. J'ai ramassé le portable, calé mes mains sur mes cuisses pour moins trembler. J'ai hésité. J'avais peur. Je ne savais pas comment lui dire. J'ai cherché les mots. Machinalement, j'ai balayé l'écran… et je suis retombée sur l'icône de Candy Crush. Ses couleurs rassurantes, son petit monde doux. J'ai eu envie, plus qu'une envie cette fois, un besoin urgent, vital. Jouer me calmerait. Je savais que ça marchait. Jouer ferait disparaître mon problème, le temps qu'il me fallait. Avant de changer d'avis, j'ai relancé le jeu. Le principe n'avait pas changé, le principe était stable, je n'avais qu'à l'appliquer. C'est ce que j'ai fait. J'ai trié les bonbons pour former des lignes bien droites et bien nettes.

Le portable s'est éteint. Plus de batterie. J'ai levé la tête. Dehors, la pluie avait cessé. Je ne savais pas combien de temps j'avais joué, peut-être vingt minutes, ou davantage. Mon crâne brûlait. Je voyais partout des taches de couleur. Et j'avais honte. C'était une honte déplacée, pas claire. Elle partait de travers. Elle allait sur le jeu.

J'avais honte d'avoir joué à Candy Crush. J'ai tenté d'avoir honte autrement, d'avoir honte mieux. Honte de mon accident et de ma fuite. Mais je ripais. J'étais butée. La petite musique continuait dans ma tête.

Je suis sortie pour respirer. Le vent était froid. Les lampadaires faisaient des flaques de lumière sur le parking mouillé. Je reconnaissais l'endroit, j'étais à dix kilomètres de Saint-Nazaire. C'était l'aire habituelle des pleins d'essence sur la route des vacances, une aire qui avait toujours senti le départ et le thermos de café, maintenant défigurée. J'ai vérifié ma voiture : le capot était enfoncé, les phares brisés. Des gens m'observaient, qui sortaient de la boutique ou fumaient sur le parking. Il m'a paru soudain que tous m'avaient vue jouer dans ma voiture, comme s'ils m'avaient regardée dormir la bouche ouverte.

— Tout va bien ? Qu'est-ce qui vous est arrivé ?

Un homme se tenait derrière moi, la cinquantaine, polaire Quechua.

— J'ai renversé un chevreuil. Ou une biche, mais je crois que c'était un chevreuil.

J'avais menti naturellement, avec même une certaine aisance. Je ne le faisais pourtant plus depuis longtemps, sinon pour des broutilles. J'étais une femme honnête.

— Il vous faut une dépanneuse, madame.

— Oui, j'en ai appelé une, merci.

— Vous n'êtes pas passée d'abord par la société autoroutière ? Ils ne vous l'ont pas demandé ? Alors c'est sans doute une arnaque. Il faut toujours passer par la DIR. Tenez, j'ai le numéro. J'avais dû la contacter une fois.

Il me l'a dicté. Acculée, j'ai pris le portable éteint dans mon sac et feint de composer le numéro. Je me consternais. Comme un gros chien, mon mensonge tirait sur sa laisse et me traînait derrière lui.

— Ça sonne.

Je me suis écartée de cinq ou six mètres vers les bosquets. Là, simulant une conversation avec la DIR Ouest, je me suis souvenue malgré moi des canulars que je faisais petite avec le téléphone fixe de mes parents. Je me suis reconcentrée. L'homme en Quechua m'observait. Pour être crédible, j'ai fait du zèle, peut-être un peu trop, j'ai parlé dans le vide à propos de mon assurance et même de la faune locale. Puis je suis revenue.

— C'est réglé. Ils m'envoient une dépanneuse.

— Quelle société ? LB services, peut-être ?

— C'est ça.

Il a hoché la tête, pensif. Il ne partait pas. Il regardait ma plaque.

— Je vais attendre seule, maintenant, si ça ne vous dérange pas.

— Bien sûr.

Il s'est éloigné. Il a continué à zoner sur le parking en fumant une cigarette. J'ai songé à remonter dans ma voiture et à démarrer, mais on m'arrêterait forcément, on me demanderait des comptes. Je suis restée à côté de la portière. Je faisais des gestes inutiles, touchais le capot, me grattais, trifouillais dans mon sac. J'éprouvais le vague besoin d'une activité rigoureuse, d'une discipline qui canalise mes mains.

Un autre homme s'est approché de celui en Quechua. Tous deux se sont mis à discuter. Ils me fixaient. Ils me suspectaient. Ils savaient peut-être même déjà. Je leur ai souri. Ils se sont avancés vers moi. Dans la panique, pour me donner une contenance, j'ai eu l'idée de feindre un autre appel. J'ai sorti le portable et me suis dirigée vers les bosquets. Je suis même entrée dedans. Les lampadaires ne portaient pas jusque-là. Il faisait sombre. C'était plein de boue et d'urine. Dissimulée par les feuillages, je me suis retournée : les deux hommes étaient au niveau de ma voiture. Ils scrutaient dans ma direction.

— Madame, il y a un problème ?

C'est là que j'ai vrillé. Je me suis cachée. Un vieux réflexe. J'ai fléchi brusquement les jambes. Ils m'ont vue faire. Dès lors c'était trop tard. J'étais coupable. Je me suis enfoncée dans les bosquets, mon manteau et mon sac s'accrochant aux branches. J'entendais des pas derrière moi, ou bien ce n'était que le vent dans les feuilles. Je courais presque. Je m'insultais en silence. Cependant quelque chose d'autre affleurait, une sale jubilation, venue de très loin, venue peut-être des parties de cache-cache enfant la nuit dans le jardin, le cœur battant dans les ronces.

J'ai débouché sur la nationale. Je l'ai longée sur dix mètres et suis entrée dans un champ. À travers les arbres, les phares perçaient par rayons épars qui se perdaient dans le noir. J'étais invisible. J'avais disparu. Un instant, je m'en suis trouvée soulagée, peut-être même contente. L'instant est passé.

La ville la plus proche, Montoir, était à moins d'un kilomètre. Je pouvais m'y rendre à pied, trouver un endroit où me calmer, recharger mon portable, stopper le désastre.

Je me suis mise en chemin. Dans le noir, j'ai essayé de me souvenir de l'accident, de ce que j'avais percuté. Une voiture, une moto, une bête… J'avais froid. Je trébuchais sur des mottes de terre, comme saoule, la musique bornée du jeu dans ma tête.

J'ai dû marcher longtemps. La pluie a recommencé. Et puis le bowling est apparu.

Je me suis réveillée. Un rayon de lumière perçait entre les rideaux. J'étais en retard pour le travail. Je devais relancer la mairie, avancer sur les comptes d'octobre. Je me suis levée, cognée au mur. Ça va réveiller Yann, ai-je pensé, puis je me suis cognée à un autre mur, un mur qui ne pouvait pas être là. J'étais dans la chambre du Formule 1, tout habillée. Mon sac et mon manteau gisaient par terre. À mon poignet, un bracelet fluo. Je l'ai arraché.

Mes souvenirs de la veille étaient confus. J'avais joué au bowling. Et au flipper. J'avais eu un accident, j'avais fui lâchement et passé la soirée dans un game center. Je peinais à y croire. J'avais envie de vomir, de me punir, d'entreprendre une action radicale, inversement proportionnelle à ma faute. Je me suis concentrée. Le probème n'était pas d'avoir joué, le problème était mon accident. Je devais me dénoncer. On avait dû retrouver ma voiture, prévenir Yann, entamer des recherches. Je plaiderais l'état de choc. J'assumerais les conséquences. Si par chance rien n'était grave, ma vie reprendrait son cours. On oublierait l'accident. On oublierait aussi la virée au bowling. Peut-être même n'aurais-je jamais besoin d'en parler. Je resterais seule avec ma honte.

Je me suis examinée dans la salle de bains. Mon maquillage avait coulé, j'avais les yeux bouffis, l'air ahuri. Je me suis douchée. Je m'en suis jugée indécente, comme si j'étais en vacances à l'hôtel. J'ai rincé mes sous-vêtements. J'ai fait le lit, ramassé mon manteau et mon sac, quitté la chambre. En fermant la porte, il m'a semblé que j'oubliais quelque chose. Je suis retournée vérifier sur la table de nuit, sous le lit et dans l'armoire, mais il n'y avait rien.

Dehors, le bowling m'a dégoûtée. Sans néon, ce n'était plus qu'un hangar. Il se fondait dans le terne infini de la campagne. On l'aurait pris de loin pour un de ces magasins tristes au bord des routes, qui vendent des piscines ou des tracteurs.

Tout suintait la laideur, la gueule de bois. Tout avait disparu. Ou je n'avais vu qu'un mirage.

Un livreur montait dans une camionnette d'approvisionnement garée devant le Buffalo Grill. Il était jeune, la vingtaine, il ne poserait pas de questions.

— Excusez-moi, est-ce que par hasard vous iriez à Saint-Nazaire ?

— Pas vraiment, mais c'est sur ma route.

— Vous pourriez me déposer ?

J'ai ajouté :

— J'ai un rendez-vous important et mon taxi n'arrive pas.

— Bien sûr, madame, montez.

Sur la route, pour combler le silence, le livreur a allumé la radio. Il était déjà onze heures. C'était le journal de France Bleu. Vote du budget, match PSG-Bayern Munich, crash d'hélicoptère dans les Pyrénées. J'ai craint soudain qu'on parle de moi. Je suis restée tendue, guettant si fort qu'un instant il m'a paru que j'espérais entendre mon nom.

Un invité est venu présenter un livre sur les capitales du monde. Il a voulu tester la journaliste : « Quelle est la capitale du Honduras ? » J'ai tiqué. Je connaissais la réponse. J'ai eu envie de la dire. Mais ça ne servait à rien. Je pouvais autant la garder pour moi. Il aurait été un peu étrange, voire impoli, de donner la réponse comme cela dans la voiture d'un inconnu. Je devais me taire. Je devais m'écraser.

— Tegucigalpa, ai-je lâché.

— Pardon ? a dit le livreur en rougissant.

— Tegucigalpa, ai-je répété, rouge aussi. C'est la réponse, la capitale du Honduras.

— Ah pardon, je n'écoutais pas. Mais merci pour l'info, en tout cas.

Silence. À la radio, l'invité a poursuivi son quiz. Je connaissais d'autres réponses, mais je me suis tue. J'ai même réussi à ne plus écouter les questions, les yeux rivés sur la route.

Je suis descendue à l'entrée de Saint-Nazaire, sur le boulevard des Apprentis. Le ciel était gris, le vent portait jusqu'ici l'odeur bitumée du port. J'habitais à l'ouest de la ville. Yann pouvait être chez nous, ou à son studio de mixage, ou au commissariat. En sept ans de vie commune, je n'avais jamais disparu. Jamais eu d'amant, jamais pris de cuite en solitaire, jamais été dormir ailleurs sur un coup de sang. Il n'y avait pas de raison. J'étais bien. J'avais l'amour, l'amitié, le travail et des passions saines : la musique, les plantes, le cinéma, les brocantes, les travaux d'intérieur. J'étais normale. Ce n'était qu'un accident, une brève sortie de route. Je rentrais le prouver.

Mais en longeant le front de mer, insidieusement, je me suis sentie comme moins pressée. J'étais en chemin, marcher vite ne changerait rien.

Je pouvais même traîner un peu. Quelque chose alanguissait l'air, la sensation d'un mercredi, un de ces lointains mercredis d'enfance sans école où je zonais à vélo dans les rues de mon quartier. Ce devait être le fait de marcher seule ici en fin de matinée, à un horaire de bureau. Ce devaient être aussi mes vêtements inchangés depuis la veille, un peu sales, qui me maintenaient dans un état transitoire et flottant. Ou bien ce n'était que la peur d'arriver chez moi.

La plage était triste à marée basse. Une étendue déserte de sable gris fondue dans le gris de la mer et du ciel. Éparses, quelques silhouettes en manteau, un chien qui courait. Je les ai regardés. Des souvenirs banals, inopportuns, m'ont traversée. L'été, souvent, nous venions passer le dimanche sur cette plage avec nos amis. Ils apportaient des jeux. D'ordinaire ils s'en fichaient, j'aimais aussi leur compagnie pour cette raison, tout comme, sans doute, les anciens alcooliques aiment à fréquenter les gens sobres. Mais le temps d'une journée, jouer revêtait pour eux une subite importance. Ils s'écrivaient : *N'oublie pas les raquettes, N'oublie pas le ballon, N'oublie pas le frisbee.* Sur place, on disposait les serviettes et les glacières, on pliait les poussettes, on laissait courir les enfants, et puis on discutait. Assez vite quelqu'un, souvent un homme, se levait en s'étirant : Qui pour une petite partie de raquettes ? et mon corps alors voulait suivre, se lever comme se lèverait un chien, sans dignité, sans tempérer sa joie. Mais je ne me levais pas. Je refusais poliment. Les pieds crispés dans le sable, je regardais mes amis chercher un endroit et se mettre à jouer dans le contrejour. Je restais avec ceux qui discutaient. Je m'impliquais, je parlais moi aussi de choses d'adultes pendant que ces grands gamins se roulaient dans le sable, voilà ce que je pensais, voilà ce que mon orgueil dénichait pour me maintenir assise tranquille. Puis un cri de victoire éclatait derrière moi, ou un rire, et mon cou se tordait vers les joueurs, et je voulais être avec eux, et ma vie soudain se voilait d'ennui et de regrets. Comme pour me supplicier davantage, ils jouaient tous assez mal, leurs gestes étaient malhabiles et prudents, ils avaient peur de se blesser, poussaient à chaque effort un petit grognement rouillé. Au fond je ne rêvais pas d'être avec eux mais un peu plus loin sur la plage, avec ces bandes d'ados hargneux au corps sec et bronzé qui se jetaient dans les airs pour rattraper les ballons sans jamais s'arrêter. Parfois mon groupe à moi s'arrêtait. Sans raison, tous décidaient d'une pause, comme s'il fallait régénérer l'envie, ou pire, comme par une sorte de bienséance. Les parties s'espaçaient au fil des heures. Ils fatiguaient. À la fin, dans le soleil couchant, il ne restait plus que les enfants pour vouloir encore. Ils construisaient de grandes digues contre la marée montante. Je craquais alors. Je m'approchais d'eux. Je les aidais, sans creuser le sable, ou bien seulement un peu, je les conseillais, je supervisais leurs travaux. Yann et les autres nous observaient depuis leurs serviettes. Ils étaient contents. Ils me trouvaient formidable. Ils devaient se dire que je ferais une bonne mère. Ils ne savaient pas comme mes digues étaient sérieuses, comme je voulais qu'elles tiennent, quitte à donner des ordres aux enfants, de petits ordres soufflés avec le sourire, pour qu'ils s'acharnent, retiennent encore un peu la mer et notre dimanche. Et puis une vague nous submergeait. Tout le monde criait dans une étrange déception joyeuse. Quelqu'un proposait de rentrer. Les enfants protestaient. On ne les écoutait pas. On rangeait les affaires, chacun repartait chez soi. Dans la voiture, Yann soupirait, comme satisfait du devoir accompli. Les raquettes, les ballons et le frisbee retournaient dans les caves. Et puis c'était lundi. C'était l'automne. Je n'y pensais plus. J'étais libérée.

En atteignant le bout du front de mer, j'ai cru deviner, par la vitrine d'un bar PMU, une forme familière, ronde et striée, dont les couleurs se détachaient sur la grisaille. C'était une cible de fléchettes électroniques. Je me suis arrêtée. Et ça a recommencé. J'ai eu envie. Une envie brutale, impérieuse, pareille à celle qui m'avait frappée devant le bowling sur la nationale. J'ai opposé une résistance. J'ai pris la mesure du scandale – une partie de fléchettes au lieu d'affronter mon problème, qui plus est en plein jour, et dans ma propre ville –, pourtant une force souterraine me poussait vers le bar, une force que je connaissais bien, la même qui me poussait vers les joueurs de raquettes sur la plage en été, une force que je savais dominer mais qui prenait cette fois des proportions colossales, comme si elle s'ajustait à ma volonté de défense, elle-même accrue par ma situation délictueuse et l'urgence qu'il y avait à se tenir. La tentation paraissait même se nourrir de ma situation, en faire une opportunité. Ainsi, j'ai pensé : De toute façon le mal est fait. De toute façon, voilà des heures que j'ai disparu, que je fuis mes responsabilités et contreviens à tous mes principes. Dix minutes de plus n'y changeront rien. Peut-être même que ces dix minutes sont nécessaires, que je dois aller au bout de ma faute pour mieux rentrer chez moi, souillée, et tout avouer. Oui. Avant de changer d'avis, je me suis glissée dans le bar.

Il s'appelait Le Morgane. Il n'était pas chauffé. Il y avait du carrelage au sol, une télé allumée sur le tiercé, et des hommes, des hommes qui buvaient bière ou café, lisaient le journal, pariaient sur des courses. Ils m'ont regardée. J'ai rougi. Comme s'ils savaient quelque chose. La cible était sur le mur du fond, près des toilettes. C'était une Willdarts. Je n'ai pas osé m'en approcher. Je devais d'abord commander. J'ai traversé la salle jusqu'au comptoir. Le patron, grand et gros, finissait de servir un verre. J'ai attendu. Je ne savais pas où mettre mes mains. J'ai essayé dans mes poches, sur le zinc, les bras croisés, mais rien n'allait. Je faisais tache. Je n'étais pas à ma place. Du moins pas encore.

— Je vous sers quoi ?

— Un café… et un jambon-beurre, s'il vous plaît.

Et prononçant ces mots, je me suis rassurée : Voilà, je viens pour un café et un sandwich, pour reprendre les forces nécessaires au retour et aux aveux ; le reste de ce qui se passera ici n'est que de l'écume, un petit dommage collatéral et secret.

J'ai demandé, pointant la cible :

— C'est disponible ?

Le patron m'a observée. Il a haussé les épaules :

— Si vous voulez.

Je me suis postée devant. Je sentais les regards dans mon dos. J'ai gardé mon manteau. La cible s'est allumée dans un doux bruit de vaisseau spatial. Je me suis sentie mieux, comme réchauffée, enveloppée. J'ai oublié l'accident ; ou plutôt, dans mon esprit, une place s'est taillée brièvement pour autre chose, et je me suis jetée dedans.

Au-dessus du jeu, un écriteau affichait le record du bar, détenu par un dénommé Christian, le 4 juin 2022 : 301 en quinze lancers. Il y avait sa photo. Il souriait. Je vais te défoncer Christian, voilà ce que j'ai pensé, je vais les faire décrocher ton portrait et mettre le mien à la place.

J'ai tâté les fléchettes. Un souvenir m'est revenu par les doigts : la vieille cible de mon père en liège rouge et vert sombre, accrochée comme un soleil dans le salon, cet objet mystérieux que je fixais, très jeune enfant, sans en comprendre la fonction (car mon père, afin que les fléchettes en métal ne me blessent pas, n'y jouait qu'en mon absence), cet objet dont je ne pouvais concevoir qu'il s'agisse d'une simple décoration, dont les striures géométriques et les chiffres disposés en rond servaient forcément, et qui, se refusant à moi, me fascinait au point d'occulter la totalité du salon. De cette vision datait peut-être ma plus vieille intuition de ce qu'était un jeu : un autre monde tout à la fois proche et lointain, dont il me fallait comprendre les lois afin d'y pénétrer, un monde possiblement supérieur à celui que j'habitais, si j'en croyais l'ombre jetée tout autour de lui, sur les meubles, sur les couleurs et même sur les gens, un monde qui m'aspirait.

J'avais appris à jouer aux fléchettes à l'âge de six ou sept ans, avec mon père, comme toujours, mon père qui croyait bien faire, faisait comme font tous les parents avec leurs enfants. Un jour, alors que ma mère travaillait, il était venu me chercher dans ma chambre. Il était souvent là grâce à son chômage, un mot que j'aimais, qui signifiait pour moi quelque chose comme *rester chaudement à la maison*. Il m'avait amenée devant la cible.

— Maud, je crois qu'il est temps pour ça.

Il avait sorti les fléchettes, puis réfléchi, les yeux fermés.

— Alors.

Il allait m'expliquer les règles. Ce moment était sacré. Je devais me taire. Je devais suivre sa parole, me laisser guider par elle. Si j'écoutais, tout était clair. Rien ne dépassait, rien ne manquait. Les jeux se révélaient à moi dans leur parfaite cohérence. Parfois un mystère pointait, mais je savais qu'il se dissiperait quelques mots plus loin, que cet accroc faisait partie du plan. De cette absolue confiance en mon père, je devais tirer plus tard mon aversion pour les mauvais pédagogues, ceux qui s'embrouillaient dans leurs explications, omettaient des informations, s'excusaient, rembobinaient leur développement ; tout autant, pour ceux qui coupaient la parole de l'expliquant, qui n'écoutaient pas ou qui posaient des questions vaines, et pire que tout, naturellement, ceux qui trichaient.

La mauvaise joueuse

J'aimais les règles de tous les jeux, qu'elles soient simples ou complexes, sévères ou laxistes, étranges ou classiques. J'avais un amour inconditionnel des règles. La qualité d'une règle ne se mesurait pas à son inventivité, ni à sa drôlerie, ni à sa supposée justesse, mais au simple fait d'être une règle, autrement dit, de tracer dans le monde une sorte de ligne claire ; et ces lignes, ensemble, délimitaient une zone, et m'en tenir à cette zone m'apparaissait chaque fois comme la meilleure et la seule chose à faire. J'aimais suivre les règles comme d'autres aiment suivre la loi, la morale, ou les mouvements secrets de leur cœur. Tous ces chemins sans doute menaient au même endroit. Je suivais les règles pour être heureuse.

Ce jour-là, en rentrant à la maison, ma mère nous avait trouvés, mon père et moi, qui jouions en riant dans le salon. Tout allait bien. Je m'amusais. Il n'y avait pas de problème. Ou du moins, personne ne le voyait encore.

J'ai pris les deux mètres quarante de recul réglementaires, ce qui m'a contrainte à presque me coller à la table d'un client qui buvait un demi en lisant *L'Équipe*. Il me matait par-dessus. Je l'ai ignoré et j'ai commencé ma partie. La fléchette se tenait entre le pouce et trois doigts, l'auriculaire effleurant la pointe. Le lancer s'effectuait le coude droit, le poignet souple et ferme. L'œil et l'objet devaient fuser d'un seul trait dans le rectangle incurvé du triple 20. Mes premiers coups m'ont navrée. J'ai même planté une fléchette dans le mur. Puis c'est revenu, comme le bowling. Je me suis stabilisée, non seulement dans ma partie mais dans ce bar et dans ma journée : je savais désormais quoi faire de mes mains, mes mains poursuivaient un but clair. Toute autre action était provisoirement écartée, suspendue. Le monde se resserrait sur quelques gestes et principes. Mais il me manquait quelque chose. Un adversaire. Un corps et un visage pour incarner cette force abstraite qui voulait ma peau et dont je devais triompher.

— Joli.

C'était le patron qui m'apportait le sandwich et le café. Il est resté un peu derrière moi, son plateau vide à la main. J'ai senti son regard et celui de tous les hommes du bar. Ça ne me dérangeait plus. Ça me plaisait même assez.

— Dites donc, vous avez appris où à jouer comme ça ?

— J'avais une cible chez mes parents.

Et puis :

— Une partie ? ai-je proposé, fronçant les sourcils, surjouant l'hésitation, comme apeurée par ma propre idée, pour le tenter.

— Pourquoi pas.

Avant qu'il se ravise ou qu'un client le hèle, j'ai programmé un 301. Il s'est posté à côté de moi et il a débuté. Il lançait bien mais piquait un peu bas. J'ai vite pris l'avantage. De cela j'ai conçu comme une petite poussée d'empathie, une envie de discuter.

— Vous jouez souvent ? ai-je demandé après mon tour.

— Ça m'arrive, quand j'ai pas trop de monde.

J'ai cherché d'autres sujets. Je ne savais pas quoi dire mais j'avais envie de parler, même plus, envie d'être gentille. Je souriais. Je sentais monter en moi un amour diffus pour l'humanité, un amour simple, net et bien bordé comme la cible.

— Vous tenez ce bar depuis longtemps ?

— Ça fera neuf ans en décembre.

— Et ça marche bien ?

— On n'est pas à plaindre.

— Je suis contente pour vous.

— Ah, ben merci.

Il s'est mis à mieux lancer. Il est devenu dangereux. J'en ai ressenti d'une même bouffée gratitude et hostilité. J'ai voulu qu'il me résiste et voulu l'écraser. J'ai commencé à mieux jouer aussi, excitée. Je me suis sentie basculer dans une sorte de hargne, qui passait encore pour de l'application ; puis cette hargne a basculé de la cible à mon adversaire, comme si je ne visais plus le rectangle incurvé du triple 20, mais les veines gonflées du cou du patron. Je me suis inquiétée. Pour bien me tenir, je me suis répété mes vieux mantras : ce n'est qu'un jeu ; l'important, c'est de participer. Ça ne marchait pas. Je n'y croyais pas, je n'y avais jamais cru. J'avais chaud. À temps, j'ai gagné. Mes nerfs se sont relâchés. La machine s'est affolée, clignotant dans des bruits de pétard. J'avais battu le record. 301 en quatorze lancers. Le patron a fait une moue impressionnée. J'ai pensé à le chambrer, sans ménagement, avec toute l'estime que cela supposait, lui dire par exemple : Bah alors, vous êtes sûr que vous jouiez de la bonne main ? Ou bien : Je dis votre score, ou y a pas besoin ? J'avais envie. Le dosage était délicat, il ne fallait pas l'offenser, ni lui faire croire à de la drague. J'ai tenté :

— Je vous donnerai des cours, si vous avez besoin.

Il s'est crispé. Mal dosé.

— Je plaisante, ai-je dit en lui touchant l'épaule, mais le geste aussi était raté, je ne savais plus faire, j'étais rouillée.

— En tout cas, il faut que je vous tire le portrait, pour afficher le nouveau record. C'est la tradition. Vous voulez bien ?

— Avec plaisir.

J'avais répondu vite, peut-être même avant la fin de sa phrase. Il a sorti son portable, l'a levé devant mon visage et m'a prise en photo, au flash. Il me l'a montrée. C'était moi. Moi toute pâle, les cheveux sales, les yeux cernés, qui souriais au Morgane avec un sandwich et une cible de fléchettes.

— Ça vous va ?

Brusquement, il m'a semblé que je me réveillais.

— Non. Supprimez-la, s'il vous plaît.

— Ah d'accord. J'en prends une autre alors. Vous vous préférez sous quel angle ?

— Non, pas de photo, je ne veux pas.

— Donc on n'affiche pas votre record, c'est dommage.

— C'est ça. Allez, supprimez la photo.

— Tout va bien, ma petite dame, c'est ce que je fais…

Il cherchait lentement sur son portable. Il a trouvé enfin ; ma tête a disparu dans les limbes.

— Voilà, rassurée ? Et posez ça, c'est dangereux.

J'avais gardé, sans le voir, une fléchette à la main, j'avais même dû l'agiter devant ses yeux. Je l'ai lâchée. Tous les clients me fixaient. Il faisait froid. Le carrelage, le comptoir collant, le tiercé, ce vieux bar et moi dedans, tout me dégoûtait. J'ai payé, pris mes affaires et mon sandwich, quitté Le Morgane.

— Vous auriez pas un petit problème, vous ? a dit l'un des hommes sur mon passage.

J'avais un problème. Un très vieux problème que je croyais enterré, et qui me rattrapait par le col, décuplé, comme s'il avait muté en silence toutes ces années.

Enfant, j'allais bien. Je jouais. Le jeu était la vie même, comme ces cuillères de purée que mon père acheminait vers ma bouche en mimant l'avion. Par le jeu j'avais appréhendé l'alphabet, les limites de mon corps, les lois de la gravité, le plaisir et la douleur. Du réveil au coucher, je jouais, aussi naturellement que je marchais ou respirais. Jouer était une forme d'allant, le régime ordinaire des choses, entrecoupé de brèves incursions dans ce que je ne nommais pas encore le monde véritable.

Mon entrée dans la société, soit l'école, avait été glorieuse. Le jeu régnait dans la cour comme il régnait dans ma chambre. Or il se trouvait que je jouais mieux que les autres. Il se trouvait que j'étais souvent plus rapide, plus rusée et plus agile, que j'avais une meilleure mémoire, un certain goût pour l'acharnement, et que mon père m'avait déjà presque tout enseigné, rigoureusement, sans jamais me laisser gagner exprès – de cela, je tenais un léger mépris pour les parents des autres, ceux qui se lamentaient d'une voix fausse en faisant tomber leurs cartes, changeaient la fève de place dans la galette des rois, laissaient filer le ballon dans les buts, flattaient les enfants et fabriquaient des faibles. Ainsi aux billes, aux pogs, à l'élastique, au foot et au reste, je gagnais, même contre les garçons. On ne me considérait d'ailleurs pas vraiment comme une fille. Savoir jouer me plaçait au sommet de la hiérarchie. On me respectait. On s'asseyait à côté de moi à la cantine et sur les photos de classe, on me voulait comme amie. On tombait amoureux de moi et je n'étais pas intéressée, trop occupée à courir. Les adultes, quant à eux, louaient ma grande énergie, mon appétit pour la vie. Si quelques-uns me jugeaient – ma maîtresse qui me trouvait trop agitée, mon oncle qui m'appelait *garçon manqué*, mes grandes cousines qui refusaient de jouer avec moi en vacances par peur d'être oppressées –, ces cas restaient minoritaires, comme l'étaient dans la cour les enfants qui ne jouaient pas, qui n'aimaient pas ça, ou simplement s'y prenaient trop mal. La honte et la solitude étaient pour eux. Cette société me convenait.

Et puis, insidieusement, tout s'était renversé. Au collège, pour ma première récré, j'avais déboulé dans la cour immense avec mon sac à roulettes et ma banane, prête à me lancer. Mais ici personne ne bougeait. Les gens se tenaient debout en petits cercles. Ils discutaient. Ils laissaient les minutes s'écouler, gâchaient passivement leur quart d'heure, comme des vaches dans un pré. Et quand ma bande et moi, innocemment, avions commencé un épervier, tous nous avaient regardés. À la récré suivante ils avaient ri. Au bout d'une semaine, ils nous avaient insultés. Soudain je n'étais plus une cheffe mais une gamine, une débile, une bolosse. Un à un, mes amis m'avaient abandonnée. Ils s'étaient mis eux aussi à discuter en petit cercle, fondus lâchement dans le paysage. Des stigmates de leur trahison m'avaient semblé pousser sur leurs corps, duvets dégoûtants sous le nez des garçons, seins des filles, boutons. J'étais restée seule avec mon sac à roulettes et ma gueule d'enfant. J'avais douze ans. Déjà tout commençait à finir.

En errant, j'avais découvert les zones de résistance, la table de ping-pong sous le préau, le baby-foot du foyer, les recoins sombres des couloirs où s'échangeaient des cartes, où des consoles portables s'allumaient sous le manteau. C'était comme une aristocratie déclassée, reléguée dans les bas-fonds. Et ce n'étaient plus que des garçons. Ils se méfiaient. J'étais une fille. Je l'étais beaucoup plus qu'avant. Pour qu'ils l'oublient, j'avais dû mimer leurs gestes et leurs intonations, copier leurs vêtements, et au jeu les battre sans pitié ni prétention. Je m'étais cru sauvée. Ce n'était qu'un sursis. Un processus plus large avait débuté. Jouer désormais n'était plus qu'un divertissement, une suspension provisoire du monde véritable. De ce monde-là, personne ne m'avait montré les règles. Je ne savais pas discuter, pas me maquiller, pas m'habiller ; je ne voulais pas confier mes états d'âme ni entendre ceux des autres ; je n'avais pas MSN ni Facebook, aucun désir pour les garçons, ni pour les filles d'ailleurs ; je me fichais du travail et de mon orientation professionnelle. J'étais perdue, comme lâchée dans un grand pays lointain dont je ne savais pas la langue. Je me découvrais gauche. Je rougissais, je balbutiais. J'étais médiocre. Mes qualités de joueuse ici n'avaient plus cours. Ma mère et quelques gentilles personnes naïves disaient, pour me rassurer : Sers-toi du jeu, mobilise tes capacités, collectionne et aime les amis comme tu sais le faire avec tes figurines, cours après les bonnes notes comme après les ballons, retiens les formules mathématiques comme tu retiens la position des cartes au Memory. Elles omettaient l'ennui, l'incohérence, la tristesse de cet horizon, sa force annihilante. La vie n'était plus un jeu. Elle ressemblait à présent à ces repas d'adultes interminables où je n'avais pas le droit de me lever, faisais des boulettes de mie de pain sous mon assiette en attendant la fin. Et tout n'irait qu'en dégénérant, du collège au lycée, du lycée au travail ; le passage du temps ne consisterait qu'en l'infinie déliquescence de mon empire.

Alors j'avais réagi. Le jeu s'était chargé d'urgence, je devais prendre tout ce que je pouvais, profiter de chaque partie, de chaque pause détente comme autant d'instants volés au nouvel ordre des choses. Au baby-foot du foyer, aux sessions de Playstation dans ma chambre, au club de badminton, en colonie de vacances, partout, j'avais commencé à m'impliquer un peu trop fort. Je ne riais plus. Je transpirais déjà avant l'effort, j'étais tendue. J'expliquais les règles avec un sérieux d'église et ne supportais pas qu'on m'interrompe, ni que l'on s'en aille ni que l'on blague ni que l'on triche. Et je devais gagner. Ou plutôt je ne devais pas perdre. Gagner ne me procurait plus de plaisir, rien qu'un bref soulagement, comme un crédit sur la souffrance. Perdre, en revanche, revenait à cracher dans mon dernier bastion, m'étouffer en disant : Tu vois, même là, *même là* tu n'y arrives pas. Je m'étais mise à casser des choses, des raquettes, des manettes, des chaises. Je m'étais fait ma réputation : mauvaise joueuse. Méfiez-vous de Maud, elle est très mauvaise joueuse. C'est dommage, Maud joue bien mais c'est la pire des mauvaises joueuses. Ces deux mots accroissaient ma colère. Sans savoir m'en défendre, j'en pressentais l'injustice. Souvent d'ailleurs les gens les prononçaient sans que j'aie encore rien fait, comme un coup de sifflet avant la faute, avant que je casse, que je pleure ou que je crie ; ma seule implication était suspecte ; déjà mon zèle et ma passion me disqualifiaient – mauvaise joueuse. J'aurais voulu leur dire : Je ne suis qu'une joueuse, une joueuse véritable, impliquée comme il se doit, comme vous l'avez tous oublié.

Puis un jour, j'avais failli mourir. J'avais seize ou dix-sept ans. J'étais au camping dans les Landes avec mes parents. En vacances, le jeu reprenait provisoirement ses droits, les journées se partageaient entre la pétanque, le ping-pong et le minigolf. Une autre priorité pourtant pesait dans l'air, comme une odeur de pluie avant l'orage : tous les gens de mon âge, en vérité, n'attendaient que la fin du jour pour se retrouver sur la plage, autour d'un feu, troquer les jeux contre des bières tièdes et l'espoir sournois de fourrer sa langue dans la bouche d'un autre. L'incident avait eu lieu peu avant l'un de ces soirs-là, sur la plage, au soleil couchant. Je jouais au volley. Je faisais gagner mon équipe avec mon service smashé. J'étais en mon empire, comme à la proue de moi-même, et de ce fait joyeuse, belle, peut-être aussi désirable. Je sentais, sur le bord du terrain, le regard d'un garçon qui me plaisait. Je mesurais ma frustration, mon désir secret d'appartenir à cette société, de vivre mon adolescence comme les autres. Je m'en sentais capable. Mais le match allait finir. La lumière déclinait. Bientôt ce serait mon dernier smash, je retomberais au sol, timide et transparente, et ne saurais plus quoi faire de mon corps, ni quoi dire, ni même quoi penser. Ce serait la nuit. Alors, au point gagnant, dans l'élan de la victoire, tandis que tous se ruaient vers la mer pour se rincer du sable, j'étais venue voir ce garçon : Cap de nager jusqu'à la bouée jaune ? C'était ma première tentative de drague. Une fille normale lui aurait demandé son prénom, aurait proposé de boire une bière ou d'échanger les numéros. Moi je le défiais à la course. Nous avions couru et plongé. Les vagues étaient mauvaises, il y avait des courants de baïnes, la bouée jaune était beaucoup plus loin que prévu. Je crawlais. Le garçon peinait à me suivre. Je l'avais perdu de vue. Je l'avais entendu me crier de revenir, de garder mes forces pour le retour. Mais j'avais continué. Je sentais l'eau se refroidir et les abysses s'ouvrir sous mon corps. Mon cœur battait d'effroi et d'excitation. Parfois, je ne voyais plus le point jaune ; le temps qu'il reparaisse entre deux vagues, il me semblait soudain que je ne nageais pas vers lui, mais vers le large ; que je ne voulais pas toucher la bouée ni même plaire à ce garçon, mais partir, m'enfuir infiniment du rivage. La nuit venait du bas, comme si c'était l'océan qui jetait son ombre au ciel. Je coulais. Je me noyais. Un jet-ski était venu me sauver. On m'avait ramenée sur la plage, étendue sur le sable. Les yeux mi-clos, parmi toutes les silhouettes, j'avais deviné le regard effrayé du garçon, et les nuages encore roses, et les pins sur la dune ; et l'impénétrable beauté de ce monde m'avait donné envie de pleurer, et je m'étais juré de le comprendre un jour et d'y vivre heureuse. Cet été-là, je ne m'étais pas sauvée seulement de la noyade. Je n'avais plus jamais fait la course. Ni joué au volley. Le reste suivrait. Fin du jeu. Game over.

En sortant du Morgane, j'ai marché vite. Cette fois enfin, je rentrais chez moi. J'avais fait mon détour, mon petit crochet indigne, maintenant c'était terminé, j'allais tout avouer, mesurer les dégâts et en payer le prix.

Approchant de l'ouest de Saint-Nazaire, j'ai commencé à reconnaître les rues dans leurs détails, les couleurs des façades, les tags sur les murs et l'alignement des arbres. Tout cela, au lieu de me rassurer, a précisé mon angoisse, comme si je revenais de longues vacances au soleil. Des mirages apparaissaient : à chaque enseigne lumineuse je croyais deviner une sorte de petite attraction, mais ce n'étaient que des pharmacies, des opticiens, des banques. Et c'était tant mieux. Vive les banques, pensais-je, il me faudrait un boulevard de banques pour rentrer bien sagement chez moi.

Mais au moment où je longeais les barres HLM, à dix minutes à peine de la ligne d'arrivée, mon oreille a perçu des bruits de ballon. Ça venait du city stade de la place entre les tours. Des ados jouaient au foot dans les buts de handball sous les paniers de basket au filet arraché. Appuyés sur la barrière, quelques adultes, grands frères ou parents, les regardaient. J'ai regardé aussi, au passage, sans m'arrêter – peut-être, tout au plus, ai-je ralenti le pas. Il y avait dix joueurs, cinq contre cinq, dont une brute, un criard, un asthmatique et une fille qu'on avait mise dans les buts. La pauvre avait peur. Un reste d'orgueil devait la maintenir au poste. Un tir a frôlé sa tête et heurté la barre dans un grand bruit métallique. But. J'ai repéré le tireur. Il jouait mieux que les autres. C'était l'un des plus jeunes, peut-être onze ans, petit et rapide, le feu aux joues, avec des chaussures à crampons et un maillot de Mbappé. Il faisait des appels en profondeur, de bonnes courses sans ballon. Il tranchait avec les autres qui ne jouaient qu'à moitié, qui marchaient, traînaient, parlaient pendant l'action. Il m'a émue d'un coup. Enfant, j'avais les joues rouges comme lui. Le même gabarit, le même sérieux. Un maillot de foot aussi. Mon père me l'avait offert. Ma mère le trouvait moche sur moi.

— Madame !

Le ballon volait dans ma direction. Droit sur moi, sans que j'aie rien demandé. Il existait, à ma connaissance, trois types de réaction face à un ballon imprévu : l'ignorer, se ridiculiser d'un geste apeuré, ou le prendre comme un cadeau tombé du ciel. Par réflexe, je l'ai amorti du pied et relancé d'une volée. Des voix se sont mêlées : « elle gère » ; « bof » ; « c'est qui cette meuf ».

Le petit Mbappé s'est dressé sur la barrière.

— Madame, vous l'avez fait comment votre amorti ? C'était propre ! Refaites voir !

Il m'a renvoyé le ballon. L'envie me démangeait. Rapidement, je me suis exécutée.

— Voilà. Je dois y aller.

— Vous voulez pas jouer un peu ?

Je me suis sentie rougir. Une colère brusque m'est venue contre cet enfant qui me tentait : pourquoi le faire aujourd'hui, pourquoi ne pas l'avoir fait plus tôt, un autre jour, n'importe lequel, un de ces nombreux jours où j'étais passée là, solide sur mes appuis ? J'aurais refusé sans peine.

J'ai vérifié autour de moi. Il se pouvait très bien que Yann, ou une connaissance, passe dans le quartier. Un instant j'ai même eu l'impression que Yann, mes amis, mon patron et la police m'observaient tous du coin de la rue pour tester ma résistance. Tant mieux alors, ai-je pensé. Si l'on me voit, on viendra me chercher, et tout finira, je n'aurai qu'à me laisser emmener.

— Pourquoi pas, ai-je dit.

Le petit s'est approché. Il souriait comme un démon.

— Je vous prends dans mon équipe. On va les défoncer. Vous vous appelez comment madame ?

— Amanda.

Comme Amanda Ilestedt, d'Arsenal.

— Moi c'est Rayan.

Je l'ai suivi sur le terrain. J'évitais le regard des adultes appuyés sur la barrière. Je l'ai enjambée, mon jean a failli craquer. J'ai songé que mes baskets et mon legging étaient chez moi, pas si loin. J'ai posé mon manteau. Malgré le froid, j'ai retiré aussi mon pull. J'avais un tee-shirt noir correct. J'ai attaché mes cheveux. La fille dans les buts me souriait. Je lui ai rendu son sourire pour être gentille, puis je l'ai ignorée. Elle n'était pas dans mon équipe.

Rayan s'est penché vers moi, l'air stratège.

— Y a 7-6 pour eux. On va jusqu'à 10. Vous jouez quel poste ?

— Peu importe.

Je n'avais jamais fait de foot en club. Je n'avais pas eu l'autorisation. J'avais appris dans le jardin avec mon père, et dans la cour de l'école primaire.

— Je vous mets milieu offensif, alors. Eh, Jo, tu sors, Amanda te remplace !

Et le match est reparti. Tout allait vite. J'ai suivi le ballon. J'étais perdue, déjà essoufflée, lamentable. Parmi les ados, je devais ressembler à une girafe ou à un de ces adultes tout raides qui ne savent plus courir, étonnés d'eux-mêmes, beaucoup trop contents de participer. On m'a mis un petit pont. J'ai failli tomber. J'avais un goût de sang dans la bouche, envie d'abandonner, de m'excuser, de disparaître au fond d'un vestiaire.

Puis c'est revenu, grâce à Rayan. Il m'a donné de bons ballons. Des petits une-deux. Comme si on se connaissait. Il suffisait que je joue dans la profondeur, sans trop courir. À part leur bon cardio, la plupart des ados étaient mauvais, persos, prévisibles, ils répétaient bêtement les mêmes dribbles. À un but de la victoire, notre gardien m'a envoyé une longue profondeur lobée. J'ai foncé. Je pensais à van Persie, Pays-Bas-Espagne 2014. J'ai tenté la tête plongeante. J'ai raté le ballon mais Rayan l'a repris : but. En retombant je me suis cognée contre la barrière.

— YES !!!

Ma voix a résonné entre les tours. J'avais crié. J'ai croisé le regard médusé des parents sur le bord du terrain.

Toute l'équipe s'est ruée sur nous. On m'a tapé dans les mains. J'avais les paumes éraflées, le jean plein de poussière, la nausée. Rayan m'a tendu sa bouteille.

— Buvez, je vous conseille.

— T'es sûr que ça te dérange pas ? ai-je haleté.

— Non, vous êtes mal, on dirait que vous allez gerber.

J'ai bu, la tête penchée en arrière, les yeux grands ouverts sur le ciel. Dans un souffle, j'ai lâché :

— Revanche ?

C'était normal. La politesse élémentaire. On proposait toujours une revanche. Parfois même, on espérait la perdre pour qu'il y ait une belle.

— Moi je suis chaud, mais faut que je demande…

Il a regardé derrière : un homme s'avançait vers nous en faisant le tour du terrain ; la trentaine, en jogging, les cheveux rasés, le visage fin et juvénile, comme posé par erreur sur son grand corps musclé. Il a checké Rayan.

— Bravo champion !

Il s'est tourné vers moi.

— Bravo aussi. Et enchanté, je m'appelle Sofiane.

— Amanda.

Je lui ai tendu ma main poisseuse. Je ne savais pas si c'était son grand frère ou son père, en tous les cas c'était un adulte et j'étais embarrassée, prise sur le fait.

— Vous faisiez un bon duo tous les deux, une bonne charnière… Du genre Xavi-Iniesta.

Rayan a rigolé.

— On n'est plus à la préhistoire.

— C'était un compliment.

— Dis Mbappé alors. Mbappé-Bellingham !

Il est venu près de moi.

— Eh papa… on peut refaire un match avec Amanda ? S'il te plaît !

— Non, t'as des devoirs.

— Quasi pas !

— De toute façon, tout le monde s'en va.

En effet les ados ramassaient leurs sacs et se dispersaient vers les tours. J'ai paniqué. C'était toujours pareil. Les gens partaient. Ils jouaient et ensuite ils partaient. Ça ne tenait jamais.

— Pitié, a supplié Rayan en se mettant à dribbler, t'as dit qu'on faisait une bonne charnière !

— Vous vous reverrez. Tu habites dans le coin, Amanda ?

— Pas vraiment.

— Dommage alors. Allez on rentre. Dis au revoir.

J'ai turbiné. Je voulais rester avec Rayan. Rarement j'avais désiré si fort une compagnie que celle de ce gamin, et il avait beau habiter la même ville, presque le même quartier, il me semblait que si je rentrais maintenant je ne le reverrais jamais. Mais je n'avais pas le droit. Mon accident croupissait. Plus je fuyais, plus je me sentais fuir quelque chose de grave. Et plus la peur montait, plus fuir encore m'apparaissait comme le seul remède au mal.

Sur une colonne publicitaire à côté du terrain, j'ai vu une affiche pour la foire de Saint-Nazaire, sur la grande place devant la base sous-marine.

— Je vous invite à la fête foraine.

Rayan a crié. Il s'est laissé tomber à genoux, mains jointes devant son père. J'ai attendu sans broncher, pour anticiper un refus, me préparer au vide.

Sofiane m'a souri. Il devait s'imaginer des choses. J'étais prête à m'en débrouiller. J'aurais même pu l'embrasser en échange d'un tour à la foire. Je me suis contentée de lui rendre son sourire.

— Bon, une proposition pareille, ça se refuse pas. Allez. Mais juste un tour.

Juste un tour. Un dernier tour et je rentrerai, juré.

Quand j'étais enfant, deux fois par an, une petite fête foraine s'installait à Ludeaux, ma ville en bord de Loire. Je me rendais à l'école un jour ordinaire et voyais la grande roue dépasser sur le ciel. Je savais alors que mon père m'emmènerait. Souvent c'était le vendredi. Il déboulait dans ma chambre avec un pistolet à eau, ou déguisé, ou en faisant une roulade. Il disait : Ça sent les churros ! Puis : Qui c'est qui va tout massacrer ? J'attachais ma banane, je dévalais l'escalier, j'embrassais ma mère qui préférait rester à la maison, et dans le soir électrique mon père et moi marchions jusqu'au bourg, les nerfs excités par la poussière, le sucre et le bruit des machines. On faisait d'abord le tour des lieux. J'avais droit à cinq tickets. Je me fichais des montagnes russes et du train fantôme. Je venais jouer. Tir aux ballons, tir aux pigeons, chamboule-tout. Je venais battre les records. On me donnait des lots ridicules, des grosses peluches et de la camelote électronique qui s'accumulaient dans ma chambre et que l'on revendait au vide-grenier. Le seul lot qui m'intéressait, c'était le droit de jouer encore. Quelques stands avaient cette pratique. Il était techniquement possible de jouer à l'infini. Je tenais ce fantasme du jour où sur un manège j'avais attrapé cinq ou six fois d'affilée la queue du Mickey, jusqu'à ce que d'autres enfants pleurent, que leurs parents se plaignent et qu'on me demande de descendre, sous les regards de haine et d'admiration.

Un jour de mon adolescence, alors que je traînais seule là-bas, j'avais croisé des filles de mon collège. Elles m'avaient proposé de me joindre à leur bande. Je voyais leurs sourires. C'étaient les mêmes qui se moquaient de moi dans la cour quand je parlais de cartes Magic avec les garçons geeks. Je ne les aimais pas, mais sous mon orgueil persistait l'envie dégradante d'être aimée par elles, de devenir l'une d'elles, populaire, de danser dans ces fêtes où l'on ne m'invitait pas. J'avais accepté. C'était un après-midi, la poussière volait. Les filles marchaient en grappe dans les allées de la foire, toutes maquillées. Elles ne faisaient pas d'attractions. Au mieux elles s'achetaient à manger ou hasardaient une partie de palet en gloussant, sans compter les points. Elles fumaient. Elles regardaient les garçons. Je me forçais à les regarder aussi, et j'avais du désir, pas tant pour eux que pour leur liberté, ce droit qu'ils avaient encore de choisir le chamboule-tout et les jeux vidéo, de crier dans les autos tamponneuses sans honte aucune, même mieux, en gagnant notre respect. Peut-être n'était-ce là qu'un sursis. Peut-être, pensais-je dans une tristesse à peine consolée, viendrait un jour où même ces garçons seraient forcés de rentrer dans le rang, de cesser leurs jeux. Les filles m'avaient fait tirer sur une cigarette. J'avais toussé, craché et ri de moi-même. Je me sentais sale. Je profanais les allées de ma fête foraine, vidais chaque parcelle de sa beauté, ne laissais que du vulgaire et du méchant. Je voyais ce que mes yeux d'enfant n'avaient jamais remarqué, les câbles électriques et les ventilateurs des machines, les coulisses crasseuses des façades dorées, les hommes étranges qui zonaient dans les coins, l'alcool et le mensonge. Je voulais m'enfuir et je n'osais pas. Je continuais à souiller mes souvenirs, rire avec ces idiotes dont l'amitié devait me sauver de ma solitude. Et j'avais réussi. J'étais entrée dans la bande. J'avais fait ma première soirée, puis d'autres. J'avais passé mon bac et j'étais partie à Nantes pour mes études de gestion. J'avais rencontré Yann. Je n'étais jamais retournée à la fête foraine.

Et voilà que je m'y retrouvais : la foire de Saint-Nazaire, deux fois plus grande, sa joie dressée contre le bitume de la base sous-marine. Je passais parfois non loin avec Yann. Quel truc de beauf, il disait en riant, et je riais aussi, le cœur serré.

Une averse approchait. Sur le fond gris du ciel, les couleurs des machines brillaient d'un éclat irréel. Malgré l'heure il y avait du monde. Des dizaines de personnes jouaient là en plein après-midi, et toutes paraissaient désobéir, échappées de quelque part, en petite cavale, planquées dans un looping, un stand de peluches ou un dédale de miroirs. Fondue parmi elles, je ne me sentais plus coupable. Rayan avec son cornet de chichis sillonnait les allées comme une bête sur une piste. Je marchais derrière avec Sofiane, qui me posait des questions. Je mentais au hasard. J'étais ingénieure dans l'hydraulique à Paris, de passage ici pour un séminaire. Lui était agent d'accueil à la piscine municipale. Il était séparé mais c'était mieux comme ça. Il avait la garde de Rayan une semaine sur deux, et du temps pour lui. Il parlait sans s'intéresser aux stands, comme si nous nous promenions simplement. À un moment, Rayan a voulu faire du tir aux ballons. J'ai payé son ticket. Sofiane a repris la conversation sans le regarder pendant qu'il jouait, comme faisaient certains parents au bord des manèges. C'est là que j'ai décroché. J'ai continué à hocher la tête, les yeux rivés sur Rayan et les ballons. Ils volaient dans les cages. La lumière déclinait. Le soir approchait, l'air sentait la pluie, le dimanche agonisant, les devoirs à finir. Tout se voilait de cette vieille angoisse des fins de partie, fins de colo, dernières minutes de ces matchs de foot que je regardais à la télé, figée dans l'espoir des prolongations et des tirs au but, quitte à ce que mes favoris perdent, que mon pays s'incline face à l'Argentine ou l'Italie, tant que le jeu continuait, rien qu'un peu, avant le terme et la nuit.

Soudain, je me suis rapprochée de Rayan.

— Ça te dit que je te montre ?

Il m'a tendu son pistolet. C'était, m'a-t-il semblé, le même qu'à la foire de Ludeaux. Je l'ai levé. J'ai commencé à tirer. Dans mon dos j'ai senti que des gens s'arrêtaient. Je crevais tout. C'était facile, un peu trop, le plaisir en pâtissait, il m'aurait fallu des cibles plus éloignées ou plus mouvantes. À chaque palier, le forain sonnait sa cloche et annonçait mon lot. Au dixième, il m'a stoppée en agitant les bras. Tout le monde a applaudi.

— Bravo. Vous êtes la deuxième cet automne.

Il m'a tendu une réplique d'iPhone.

— Je refais une partie.

— Vous ne pouvez pas, une fois que vous avez gagné l'iPhone, vous êtes au max.

— Alors je le remets en jeu.

Les gens ont frétillé. On perdait du temps. Bientôt les stands fermeraient à cause de la pluie, la pluie suffirait à tous les décourager.

— Vous êtes sûre ?

— T'es sûre ? a répété Sofiane. C'est quand même pas mal, même si c'est un faux.

— Redonnez-moi des balles.

L'air presque navré, le forain a repris son lot, chargé mon pistolet, remis des ballons dans les cages. Et c'est reparti. Je les ai tous crevés encore. La cloche a sonné. Les gens ont applaudi.

— Voilà, bravo, vous avez regagné votre iPhone.

— Je le rejoue.

— Bon, ça suffit. Vous êtes quoi, tireuse en club, militaire ? Ça vous amuse ? Laissez la place aux autres maintenant. C'est le règlement.

— Quel règlement ?

— Amanda, a fait Sofiane en me prenant l'épaule, on s'en va ? Il y a d'autres stands à côté si tu veux.

J'ai toisé le forain, envisagé de le défier au tir, de régler par là notre contentieux. Il m'a arraché l'arme et rappelé, d'un regard, qu'il pouvait me mettre à terre s'il le voulait. J'ai ramassé sèchement mon lot et suivi Sofiane.

— C'était balèze… limite un peu flippant.

— C'était surtout complètement OUF ! Il avait juste le seum que tu gagnes, ce gros bâtard de forain.

— Rayan, tu parles pas comme ça.

J'ai souri. Sofiane s'efforçait de rester ferme, mais sa bouche se tordait. D'un coup il a ri, moi aussi. Un instant, il m'a semblé que je marchais avec ma nouvelle petite famille dans les allées de la foire d'une ville lointaine. J'ai eu envie de vomir. Il fallait réagir vite :

— Venez.

Je les ai emmenés dans le Booster, le grand bras mécanique qui tournoyait à cent mètres de haut. On nous a harnachés, propulsés en l'air. Ils ont hurlé. Pas moi. Je faisais partie de ces gens qui ne hurlent pas dans les manèges, qui se taisent, le visage figé d'horreur ou de jubilation.

La nuit tombée, Sofiane a proposé d'acheter des paninis et de rentrer les manger chez eux. J'ai accepté, sans plus de honte ni de culpabilité ; j'avais atteint cette phase où tout se transforme en joie butée. Sur le chemin, Sofiane a arrêté de poser ses questions. Il jouait avec son laser gagné à la machine pousse-pièces. Il visait des immeubles toujours plus éloignés et s'extasiait que le point rouge tienne encore. Je le trouvais sympa, c'était le mot qui me venait, un gars sympa. Mais je préférais Rayan. Ce petit champion. Il chantait en imitant le forain : Vous êtes quoi, tireuse en club, militaire ? D'une main, il faisait tourner la peluche serpent que j'avais gagnée pour lui au grappin. Moi je marchais sur le bord du trottoir en évitant les striures, appliquée, comme si le moindre faux pas pouvait tout gâcher.

Ils habitaient au neuvième étage d'une tour du quartier HLM, dans un petit trois-pièces Ikéa. Rayan a bâillé et crié en même temps :

— On joue à quoi ?!

— Encore ? Bon, une partie en mangeant. Montre ce qu'on a, c'est l'invitée qui choisit.

Brutalement, Rayan a ouvert un tiroir et sorti une dizaine de jeux de société, les classiques. Enfant, j'avais les mêmes chez moi. Voilà encore ce que l'humanité partageait de plus rassurant : une boîte de Uno, de Monopoly ou de Puissance 4 rangée dans une commode. Rayan m'a soufflé : Uno… J'ai hésité. Le Uno était un jeu assez faible, bouffi de hasard, ce hasard déguisé en fun ou en piment sympathique et qui salissait la victoire. Mais je voulais faire plaisir à Rayan. Du reste, je me rappelais quelques plaisirs indéniables : coller un +4, s'acharner sur quelqu'un, crier UNO. J'ai pris la boîte. J'étais avec de vrais joueurs, je l'ai vu à leur façon de s'installer à la table et de distribuer les cartes. Ils ne jouaient pas comme on met une musique d'ambiance, comme on picore des cacahuètes. Ils avaient du respect. Ils ne discutaient pas non plus. Le jeu s'en passait. Il avait sa conversation secrète, faite de quelques gestes, quelques mots. Parfois, lors de dîners chez des amis, il m'avait paru évident qu'une seule partie de Codenames ou de Pictionary nous souderait mieux que trois heures de conversation. Que nous pourrions ressembler d'un coup à ces groupes harmonieux en plein fou rire sur les illustrations des boîtes de jeux. Mais on ne jouait jamais, à cause de moi, parce que je refusais toujours de ce même foutu signe de main poli.

Il m'a semblé que Rayan trichait. Je n'en étais pas sûre. J'ai observé. Il posait parfois deux cartes au lieu d'une, les tenant parfaitement superposées, d'un geste précis, admirable, quoique illégal et donc assez grave. Je ne supportais pas la triche. Je savais sa beauté, comme un jeu caché dans le jeu, un ensemble de gestes souterrains tout aussi réglés que la règle même ; je pouvais admirer, en théorie, la manipulation viciée des cartes, le false shuffle, les signaux cachés entre complices au bridge, les yeux entrouverts aux Loups-Garous, les codes et les glitchs d'un jeu vidéo, la main de Maradona. Mais dans la pratique, plus rien n'était beau. La règle bafouée, l'équilibre se rompait, le jeu sombrait dans le désordre de la vie ordinaire, de la vie pas claire. Le tricheur était le briseur de jeu suprême. Il méritait la mort, soit l'exclusion définitive.

J'ai attrapé le poignet de Rayan.

— Hep, qu'est-ce que tu caches là-dessous ?

Et de mon autre main j'ai révélé le méfait : un 4 jaune sous un 5 bleu. Mais alors, au lieu du scandale escompté, Rayan et Sofiane ont éclaté de rire. Quel escroc ! a simplement dit Sofiane, et, remettant la carte dans le paquet de Rayan, il lui a fait signe de rejouer, comme si rien ne s'était passé.

— Vous continuez la partie ? ai-je demandé.

— Bah... oui.

— Mais on ne peut pas. C'est vicié.

— Ça veut dire quoi, vicié ? a demandé Rayan en ricanant.

J'ai eu envie de lui donner une claque. Sofiane a pouffé puis, dans un mouvement navrant, s'est penché pour regarder l'heure sur le four. J'ai senti venir la chose :

— Ça veut dire qu'on te fait plus confiance et que, de toute façon, tu dois aller te coucher.

— Pitié, papa, je suis pas fatigué !

— Amanda doit l'être. Hein, Amanda ?

— Non, ça va. On peut faire une autre partie.

— Mais vous êtes infernaux tous les deux. Eh bah moi je suis fatigué, voilà. Dis bonne nuit, Rayan.

Tête basse, Rayan a capitulé. C'était ma faute. J'avais dénoncé mon allié. Il m'a checkée.

— Bonne nuit, Amanda. Et à bientôt !

— Bonne nuit, Rayan, et...

Je n'ai pas réussi à terminer ma phrase. J'ai souri simplement. Rayan a disparu et je me suis retrouvée seule avec Sofiane, qui rangeait déjà le Uno. J'ai regardé les autres jeux dans le tiroir mais il l'a refermé. Il a sorti deux bières et s'est installé sur le canapé. Je suis restée à la table. Je ne savais plus très bien ce que je faisais chez lui, ce qui m'avait menée là. J'étais au neuvième étage, très haut, très loin de chez moi. Dehors il pleuvait.

— Sacré loustic, hein. Il est drôle. Il s'arrête jamais. Parfois, j'avoue que c'est un problème. Surtout avec ça.

Il m'a désigné, posée sous la télé, une Playstation, peut-être la 4 ou la 5, j'avais perdu le compte. Il me l'a désignée comme une bête tapie dans l'ombre, comme une araignée sous un fauteuil.

— Si je l'empêchais pas, il y jouerait tout le temps. Jour et nuit. Littéralement. Il est addict. Toujours le même jeu, Call of Duty, un truc où il est sniper et tue des gens. J'ai jamais aimé ça. C'est trop violent. Lui, il me soutient que ça développe ses réflexes, et même son sens de l'entraide. Il est gonflé. Moi je pense qu'il y a des gens qui finissent par passer à l'acte à cause de ces jeux-là. Qui se mettent à confondre le jeu et la réalité.

J'ai regardé la console. Je me suis souvenue du bruit d'une Playstation qui démarre.

— Je vais resserrer la vis. Je vais lui retirer ça pendant un temps, et je pense aussi l'emmener voir un psy. Ça risque d'être difficile pour lui. C'est peut-être ce qui m'a donné envie de lui faire plaisir aujourd'hui.

Je n'ai pas osé défendre Rayan. Sofiane a entrouvert la fenêtre derrière lui et s'est allumé une cigarette. Il m'en a proposé une. J'ai refusé. Je n'avais jamais fumé, si ce n'est adolescente pour essayer, en mesurer une fois pour toutes la puanteur et la vacuité. Si mon instinct me poussait encore à juger les fumeurs, je gardais pour eux une vague camaraderie, une solidarité secrète, une envie de les saluer d'un geste discret, comme les motards entre eux sur la route ; et les camés, les boulimiques, les alcooliques, les fous de la muscu ou des réseaux sociaux, jusqu'aux plus obscurs philatélistes, tous les addicts, je les aurais salués aussi, tous faisaient partie de cette même étrange famille éparse et muette que je percevais autour de moi, comme quelques fenêtres allumées la nuit dans une ville endormie.

— Ça te va de rester un peu ? Ça me ferait plaisir qu'on discute.

J'ai dû sursauter. Il a ri, puis ajusté :

— Ou sinon… tu veux refaire un jeu ?

— Oui.

J'avais répondu vite. Je le rejoignais déjà sur le canapé. Il a proposé :

— On fait tourner la bière vide sur la table. Quand la bouteille s'arrête, si le goulot nous pointe, on doit répondre sincèrement à une question.

— D'accord. On tire au sort qui commence.

En hâte, j'ai réfléchi à la façon de procéder : tir à la courte paille, chou-fleur, pierre feuille ciseau ; en tous les cas, il me semblait approximatif de ne pas d'abord tirer au sort la personne qui serait chargée du tirage au sort. Mais on n'en finirait pas. J'ai caché une capsule dans un poing, tendu les deux vers Sofiane. Il l'a trouvée, a fait tourner la bouteille – le goulot m'a pointée.

— Alors Amanda, ma première question : qu'est-ce qui t'a donné envie de devenir ingénieure hydraulique ?

Je n'avais pas le droit de mentir.

— Je ne suis pas ingénieure. En fait, je suis comptable. Et ce qui m'a donné envie de devenir comptable, c'est que je suis plutôt forte avec les chiffres.

Désarçonné, il a voulu dire quelque chose, mais j'ai relancé la bouteille. C'est retombé sur moi.

— OK... Amanda, tant que j'y suis, est-ce qu'il y a d'autres choses sur lesquelles tu m'as menti ?

— Oui. Je ne m'appelle pas Amanda, je m'appelle Maud.

Il a pâli, hoché vaguement la tête et, comme si c'était un sombre objet magique, a relancé la bouteille. Et le goulot m'a pointée de nouveau. Trois fois d'affilée. Le jeu voulait me trahir, me forcer à tout avouer.

— Et donc, Maud... pourquoi tu mens ?

J'ai réfléchi, cherché la vérité.

— Pour le plaisir. Le plaisir d'inventer des choses.

J'ai relancé en essayant de le viser. Et le goulot l'a pointé enfin. J'étais sauvée pour un tour. Aucune question ne me venait. Je n'avais pas de curiosité particulière à son égard. J'avais envie surtout de perfectionner mon geste, d'apprendre à bien doser pour ne plus devoir répondre.

— Est-ce que tu me trouves bizarre ? ai-je demandé.

Il a ri.

— Clairement, oui. Mais c'est pas un problème. Au contraire. Comment dire… je vais le formuler un peu bêtement : ce qui me frappe surtout, c'est que tu as gardé ton âme d'enfant. Et je trouve ça beau.

Il a souri timidement. Mon âme d'enfant.

Il y a eu un silence. Il a relancé la bouteille et le goulot m'a pointée. Hésitant, Sofiane a regardé mes yeux, et ma bouche.

— J'ai une question plus difficile… est-ce que je peux t'embrasser ?

Je me suis figée. J'avais oublié ce risque-là, cette issue probable des choses. Sofiane attendait ma réponse. Je devais répondre. Il ne souriait plus. Je croyais lire dans son regard la demande solennelle de cesser notre jeu, presque une imploration, comme si nous en étions captifs.

J'ai eu envie. J'étais capable. J'étais capable d'avoir envie de ça, envie de plus qu'un foot ou un Uno. Il était beau. Il était touchant, avec son visage fin, ses muscles comme greffés par-dessus sa maigreur.

— Oui.

Je l'ai embrassé. Nos lèvres se joignaient mal, nos têtes penchaient du même côté. J'étais habituée à Yann. J'ai pensé à Yann. Et la tristesse étrangement m'a consolée. Elle clarifiait ma faute. Elle la cadrait. Je trompais Yann. Peut-être ne fuyais-je depuis le début que par désir de tromper Yann après toutes ces années. Je n'avais qu'à le faire alors, jusqu'au bout, et l'envie s'en irait, et je rentrerais enfin chez moi. Je me suis accrochée à cette idée. J'ai pris la nuque de Sofiane. Il m'a soufflé de venir dans la chambre, passant une main sous mon pull. Je devais sentir mauvais, le sport et l'angoisse. Il me fallait une douche. Mais je craignais qu'une rupture dans l'élan ne brise mon désir, ou mon courage. Je l'ai suivi. En me levant, j'ai hésité à prendre la bouteille vide. Ce n'était plus nécessaire. Strictement plus nécessaire de faire tourner la bouteille vide. Je l'ai prise pourtant.

La chambre était petite. Sofiane a voulu me déshabiller. J'ai proposé de faire tourner la bouteille sur la table de nuit, et de retirer un vêtement chaque fois que le goulot nous pointerait. Il a accepté. Mais il trichait. Il devançait la bouteille, enlevait ses chaussettes, soulevait mon tee-shirt sans raison. Je lui ai rappelé les règles et il a refait tourner la bouteille en riant. Ça l'excitait. Moi aussi. C'est allé vite. Nous étions nus. J'aurais pu arracher ma peau, ou la sienne, pour que le jeu continue. Il m'a serrée contre lui. Je me suis penchée vers la bouteille pour décider de la suite, mais il m'a retenue doucement : Laisse faire les choses, il a dit, et j'ai essayé, de bon gré, mais soudain je ne savais plus comment agir, tous nos gestes étaient comme en excès, superflus, tout débordait d'un cadre dont je ne sentais plus les contours, j'étais perdue, je paniquais. Je me suis dégagée. Encore une fois, ai-je dit, me contorsionnant pour saisir la bouteille. Je l'ai fait tourner, trop fort ; elle s'est brisée au sol. Sofiane s'est levé.

— Franchement, là, c'est un peu trop bizarre. Ça m'a refroidi, désolé.

Il a remis son caleçon. Il est allé chercher un balai. J'ai songé à revenir vers lui, mais je n'en avais plus la force, ni jamais eu l'envie. Je me suis rhabillée. En nettoyant, il m'a dit que je pouvais quand même rester là. J'ai accepté. Je voulais dormir, disparaître aussi pour moi.

On s'est couchés comme un vieux couple. Il m'a posé encore des questions. Il me trouvait l'air triste. Il m'a demandé si je trompais quelqu'un. Je l'ai avoué. Il a paru choqué. Moi je n'y pensais déjà plus. La tristesse était ailleurs. Je ne trompais pas que mon compagnon. Je trompais plus large, plus gros, quelque chose que je peinais à nommer. Il me semblait en fait que je trompais tout, aussi bien Yann que cet inconnu allongé près de moi, et les meubles autour de nous, et la nuit dehors, et l'air que je respirais, et moi-même, dans l'envie de rejouer.

J'avais dormi un peu. Il était trois heures passées. Sofiane ronflait. Je sentais son odeur. Son portable chargeait sur la table de nuit. J'hésitais à prendre le câble pour recharger le mien, ce vieux Samsung prêté par mon collègue. Mais j'avais peur. Je l'aurais allumé, des dizaines de messages l'auraient fait vibrer d'un seul coup. Je les aurais vus, on aurait vu que je les avais vus. Je préférais encore qu'on me croie perdue dans la jungle, ou morte. J'avais peur aussi d'être tentée par une chose, je savais laquelle. Pour ne pas y penser, je cherchais mentalement des noms d'animaux à toutes les lettres de l'alphabet. J'ai bloqué à *u*.

J'ai remis mon pull et mon jean pour aller aux toilettes. J'ai traversé le couloir à tâtons. Une faible lueur émanait du salon, par la porte entrouverte. C'était Rayan qui jouait à la Playstation, assis devant la télé. Il avait coupé le son, on n'entendait que le bruit de la manette et le souffle de la console. La tête levée, il paraissait flotter dans le halo de lumière. Je suis restée un moment dans son dos. Quand j'avais son âge, ma mère cachait le câble de ma Wii pour m'empêcher d'y jouer la nuit. Elle dormait tranquille. Elle ignorait qu'en me privant de ce jeu-là, elle m'en offrait un autre, plus grisant : chercher la cachette.

Rayan s'est retourné, l'air coupable ; en me découvrant, il a souri.

— Tu joues à Call of Duty ? ai-je demandé en m'approchant.

— Ouais, Black Ops 6.

— Je peux regarder ?

Il a hoché la tête sans se déconcentrer. Je me suis assise sur le tapis, en tailleur, comme je le faisais adolescente, sur la moquette de ma chambre. Je me souvenais d'un jeu : Zelda. Au tournant du collège et de la solitude, je m'étais réfugiée là. J'y avais trouvé mes joies les plus intenses, peut-être aussi les plus dangereuses. J'avais, naturellement, cassé des manettes et hurlé dans la maison, mais le vrai danger avait surgi d'ailleurs, plus calme et plus secret : lorsque, au terme d'une longue session de jeu à arpenter à cheval de vastes plaines, je sortais, brumeuse, dans les rues de mon quartier, alors les arbres, les parterres de fleurs du rond-point, les nuages lents dans le ciel, tout m'emplissait chaque fois d'une déception brutale, inconsolable, qui ne tenait pas à la tristesse de ma ville ni même au manque d'une véritable plaine, mais à la nostalgie d'un monde qui n'existait pas, dont l'intuition me poursuivait comme un parfum dans l'air, et que seul le retour aux paysages de Zelda pouvait retenir de me consumer. Le jeu vidéo me donnait envie de disparaître, fondue dans sa beauté. Il me faisait, en pire, le même effet que les châteaux Playmobil de mon enfance. Comme de ces châteaux, il m'avait fallu en sortir – pour vivre, avais-je pensé. Parfois encore, de vieux souvenirs me visitaient, une bribe de musique, un rayon de soleil, ou rien que la texture de l'herbe agitée par le vent.

Le jeu de Rayan était un chef-d'œuvre. Je recevais quinze ans de progrès techniques en plein cœur. C'était un peu comme si je sortais de prison, meurtrie par l'éclat des rues. Certes, il s'agissait de flinguer des gens, sans guère de poésie, mais l'essentiel était ailleurs. J'ai repensé à la phrase de Sofiane, ce cliché d'ignorant : ça rend violent. Il m'a agacée. J'aurais voulu lui donner tort. J'avais des arguments.

Au bout d'un moment, j'ai eu envie de prendre la manette. Rayan ne me la proposait pas. Il était égoïste. Il confondait son plaisir avec le mien. Beaucoup de garçons étaient comme ça. Ils croyaient que les regarder jouer me suffisait. J'ai attendu qu'il meure pour la lui demander. Mais quand c'est arrivé, il a éteint la console.

— Tu arrêtes ?

— Ouais.

— Tu ne veux pas mettre un autre jeu ?

— Je sais pas... j'ai mal aux yeux.

Il s'est levé. J'ai tenté :

— Alors on fait autre chose ? Par exemple, un jeu de société ? Ça te dirait ?

J'ai fouillé dans le tiroir, sorti le Monopoly. Rayan a dit que les parties étaient trop longues, mais je l'ai rassuré d'un sourire :

— Contre moi ça ira vite, t'inquiète.

Je lui ai fait un clin d'œil. Je me suis assise à la table. Il est venu. Il bâillait. J'ai allumé la petite lampe. La lumière était trop blanche. J'ai ouvert la boîte. C'était le Monopoly dans sa version originale, avec un graphisme modernisé mais loin de ces transpositions laides dans le monde de Disney ou de *Game of Thrones*. J'ai installé le jeu. Mes mains tremblaient, une vague angoisse nimbait mon excitation. Ce devait être la fatigue ou la peur que le temps ne suffise pas, que le jour se lève, que Sofiane se réveille. J'ai pris le pion bateau, Rayan le pion voiture. J'ai proposé de faire la banque, pas pour le plaisir, mais pour m'assurer que Rayan ne triche pas. Et c'est parti. J'ai classé mes billets par ordre croissant, Rayan les a rangés en tas. Je lançais les dés sobrement, il les secouait dans ses mains ; j'avançais mon pion directement sur sa case d'arrivée, il les touchait une à une pour compter. C'était un amateur. J'allais le massacrer. J'allais bâtir un empire et le faire raquer jusqu'à sa dernière chaussette. À bas bruit, j'ai acquis les deux premiers côtés du plateau. Je savais que les rues les moins chères étaient les plus rentables. Il ne m'a bientôt plus manqué que le boulevard Saint-Michel, acheté oisivement par Rayan. Je l'ai négocié contre une gare et cinq cents euros, qu'il a acceptés, par pure envie de conclure un marché.

Et les travaux ont débuté. Les maisons vertes et les hôtels rouges ont poussé partout. À chaque tour, le pion voiture s'empalait dessus. Rayan bâillait et bougeait sur sa chaise. Ses yeux se fermaient. Il a voulu abandonner. J'ai dit que la partie n'était pas terminée, que l'on devait aller jusqu'au bout. Après deux tours, il n'avait plus d'argent. Il s'est levé mais je l'ai retenu : il pouvait encore hypothéquer. Il a cru que j'inventais des règles. Je lui ai montré la notice et il a dû se rasseoir. Il a retourné ses cartes de propriété en soupirant pour honorer ses dettes. J'encaissais. Tout m'appartenait. Mon expansion débordait du plateau, irradiait dans la pièce, me donnait envie d'acheter les meubles et tout l'appartement. Rayan s'est levé de nouveau. Cette fois, il ne pouvait vraiment plus payer. Il avait perdu. C'était un clochard. Et c'était fini. Il m'a toisée : Voilà, c'est bon maintenant ? Bonne nuit. J'ai proposé de lui donner mes billets. Je lui ai dit qu'il pourrait me payer avec cet argent. Il a refusé. Il est parti dans le couloir. Je l'ai suivi. Je lui ai demandé de revenir. Je suis entrée dans sa chambre. Il a voulu fermer la porte mais j'ai mis mon épaule. Il a reculé vers son lit. J'ai avancé : On fait la revanche alors, viens. Je lui ai pris la main. Soudain il a pleuré. Puis il a crié. Il appelait son père. Une porte a claqué. Sofiane a déboulé en tee-shirt et caleçon et découvert Rayan en larmes sur son lit. Qu'est-ce qu'elle t'a fait, qu'est-ce qu'elle t'a fait, il a répété, et Rayan a pleuré plus fort. J'ai cru que Sofiane allait me frapper. Je me suis enfuie. J'ai attrapé ce que j'ai pu, mon sac, mes chaussures. J'ai ouvert la porte et foncé dans la cage d'escalier. Du palier, il a crié qu'il appelait la police.

J'ai dévalé les neuf étages en chaussettes. Mes pas résonnaient, les néons grésillaient, tout a duré si longtemps qu'il m'a semblé plonger sous terre.

Dehors, j'ai remis mes bottines et traversé l'esplanade en courant. J'avais froid. J'avais oublié mon manteau. J'ai continué à courir. Trois hommes étaient assis sur la barrière du city stade. Ils m'ont regardée. J'ai ralenti, longé la barrière au pas. C'est là que j'ai vu leurs trois vélos. L'idée m'est venue avec. J'en ai attrapé un, le meilleur, un VTT BTwin. Ils se sont levés en criant. J'ai couru avec le vélo sur dix mètres, sauté sur la selle, les trois hommes à ma suite. Ils allaient m'agripper mais j'ai pris de la vitesse et creusé d'un coup la distance. Ils m'ont hurlé sale pute, nique ta mère, on va te retrouver. Je méritais d'autres insultes, des pires, des plus vraies. J'ai foncé, la tête dans le vent.

J'arrivais dans ma rue. Personne ne m'avait suivie. Rien ne bougeait. Tout ici semblait m'avoir attendue patiemment. Essoufflée, j'ai roulé jusqu'au numéro 43. La voiture de Yann était garée à sa place habituelle. À côté, la place de la mienne était vide. Par elle, j'ai pris la mesure de ma disparition. Depuis deux jours, ma place était vide. C'était cela disparaître, se retirer d'un bout de trottoir, d'un portemanteau, de la moitié d'un lit.

Mon détour était fini. Je pouvais rentrer, je n'avais qu'à taper le code, appeler l'ascenseur. Le reste suivrait. Je n'aurais qu'à me laisser porter par les aveux et par les procédures. Mais une chose me retenait encore. Ce n'était plus la peur des conséquences. La peur s'était noyée dans une angoisse plus vague. C'était maintenant comme si je rentrais un soir ordinaire, sans faute aucune et à une heure convenable, et que, sans raison, je doutais soudain d'habiter là. Ce n'était rien. J'avais déjà ressenti ça. Parfois en poussant la porte, en sentant l'odeur de l'appartement, en découvrant Yann qui me souriait et en lui rendant son sourire, j'étais frappée de la brève et absolue certitude de me tromper d'endroit. Puis je me stabilisais. Mais cette fois, l'angoisse demeurait, et comme je tentais de la chasser, elle m'a paru se durcir, amalgamer le souvenir de tous les jours passés là, chez moi. L'angoisse est devenue la norme, comme si ses bribes, en vérité, avaient formé tout ce temps la continuité discrète de ma lucidité, entrecoupée de grands blocs de déni, de sommeil et de satisfaction aveugle. Et tout a débordé de ma rue : au hasard, je me suis souvenue de promenades, de vacances, de réunions de travail et de scènes éparses, avec toujours la même étrangeté. Ma vie entière s'est mise à tanguer dans le soupçon, et j'ai laissé faire, immobile, dans une sorte de résignation, de disposition nouvelle et glaçante à ma défaite. Calmement, j'ai songé que j'avais tout raté. Que je m'étais leurrée, cramponnée sans bruit, avec le sourire, à un monde qui n'était pas le mien. Quelques nuits auparavant, Yann, me serrant dans ses bras, m'avait demandé si j'étais sûre, si j'étais vraiment sûre d'être prête à avoir un enfant. J'avais répondu oui dans le noir. J'avais menti. Pour dire oui sans trembler, sans doute fallait-il, d'abord, être sûre d'aimer ce monde et de vouloir y rester. Or malgré tous mes efforts, je savais bien, comme un secret tenu depuis mon enfance, qu'un jour je m'en irai. Non pas très loin, non pas dans une autre ville, une autre relation ou un autre pays, mais dans une zone qui ne figurait sur aucune carte, une zone comme un pli, où était ma place.

Je n'ai pas lutté davantage. De brèves impulsions traversaient mon corps, instants fugaces de courage et de goût du vide qu'il fallait saisir au vol, comme au bord d'un plongeoir. J'aurais voulu au moins oser monter une dernière fois chez moi, doucement, embrasser Yann dans son sommeil, lui dire pardon, et repartir comme une ombre, dans la nuit. Mais j'étais en fuite. Je suis partie. J'ai roulé lentement jusqu'au bout de ma rue et accéléré sur le boulevard. Un peu de joie me retenait de pleurer.

Je traversais la ville déserte. Il devait être quatre ou cinq heures. Il n'y avait plus rien. Tout était fermé. Mes yeux cherchaient je ne savais quoi. J'avais l'espoir de ma zone. Je la pressentais qui grondait quelque part. Mais je ne trouvais pas. Ça n'existait pas. Tout le monde dormait. J'étais seule à vouloir.

À un rond-point, ma dynamo a éclairé d'un coup un grand panneau : Nantes, 60 kilomètres. Et j'ai pensé à un endroit. Un endroit qui devait persister, peut-être le tout dernier. L'année de mes vingt ans, je m'étais installée à Nantes pour mes études de gestion. J'avais laissé tous mes jeux dans la maison de Ludeaux. J'avais acheté de plus beaux vêtements, je m'étais maquillée, apprêtée, j'avais gommé mon visage d'enfant. Je voulais devenir une fille comme les autres. Mais une tache perdurait. Un fond de maladie tenace, un dernier jeu, une dernière addiction qui me retenait comme une bête agrippée à ma jambe. Au hasard de mon quartier, j'avais découvert, au 7 de l'impasse Mikhaïl-Tal, un petit bar qui s'appelait Le Fou. C'était un bar d'échecs. Je m'y rendais parfois. Je m'y rendais en fait presque tous les soirs. Si j'étais parvenue à me sevrer des cartes, des jeux de société, des jeux vidéo, des jeux d'adresse et d'à peu près tout ce qui pouvait me menacer, les échecs, à cause de leur noblesse, conservaient sur moi leur pouvoir. Les échecs n'étaient pas qu'un jeu mais un art, une science, l'intelligence même. Voilà ce que je me racontais. Une belle arnaque. Rien n'était plus dangereux. Ce jeu-là perpétuait radicalement ce que tous les autres m'avaient fait. Sous mon front studieux penché sur l'échiquier, vibrait encore toute ma peur du monde vrai, quelque chose comme l'imprécise et lointaine envie d'en finir, de devenir pour toujours l'une de ces pièces de bois inanimées qui glissaient devant mes yeux. Tous mes efforts, toute ma bonne volonté s'annulaient dans la noirceur secrète d'une seule partie. Tant que j'y jouerais, je ne serais pas guérie.

Puis un soir d'été, trois hommes étaient entrés au Fou. Ce n'étaient pas des joueurs, je l'avais su à leur façon d'ouvrir la porte, au bruit qu'ils faisaient. Ils s'étaient assis au comptoir, avaient commandé à boire et nous avaient observés jouer. D'abord j'avais méprisé leur flegme, leur curiosité de passage, leur air fier de ne pas connaître, comme une preuve de leur bonne santé. Puis l'un m'avait abordée. Tranquille et confiant, il avait l'allure irritante des garçons populaires. C'était Yann. Il s'était assis à ma table. Il avait posé des questions sur le jeu, plaisanté sur le mouvement du cavalier, l'avait bougé n'importe comment, ce qui m'avait agacée, mais il avait continué, avec une sorte d'aplomb, de contre-logique butée qui m'avait arraché un rire nerveux. Il avait dit alors : Franchement, qu'est-ce qu'une fille comme toi fait enfermée ici, en plein été ? Et pour la première fois, j'avais senti qu'on me désirait, non pas seulement comme adversaire, qu'on me désirait vraiment, moi, Maud. Alors les joueurs autour de nous, tous ces visages familiers – mes semblables – m'étaient apparus dans leur triste vérité : pour la plupart, c'étaient de pauvres ratés, des naufragés ;

vieux profs fatigués, ouvriers misanthropes, retraités asociaux, piliers de bar, ados puceaux bouffis de ressentiment, souvent pas très beaux, pâles et fuyants, soudés par notre souffrance en partage, cramponnés à nos fausses batailles, l'alibi grandiose de nos échecs véritables. J'avais regardé Yann, son sourire complice, son corps leste et impatient sur la chaise, comme tout entier appelé par le dehors. Et j'avais dit, me penchant vers son visage, dans un sourire craquelé de trahison : Oui, c'est vrai, je ne sais pas trop ce que je fais là. Il m'avait proposé de le suivre ailleurs. Je l'avais suivi. J'étais partie avec lui dans les rues chaudes et bondées. Sa main frôlait ma jupe au hasard des pas. La ville s'ouvrait. Le Fou, ma solitude et mes derniers lambeaux d'enfance disparaissaient derrière moi. Et je riais. Je me croyais sauvée.

J'ai braqué. J'ai traversé le centre-ville, puis le port de commerce. J'ai franchi le grand pont désert. Après la zone industrielle, je me suis retrouvée seule sur la départementale, dans le noir de la campagne. Soixante kilomètres, c'était faisable. Trois heures en pédalant vite. À l'aube, je serais de retour au Fou.

Nantes est apparue au loin sous la bruine, par touches progressives, comme se matérialisent les villes à l'horizon des jeux vidéo. Le jour se levait, le même jour gris. Les bras posés sur le guidon, je pédalais juste assez pour ne pas tomber de mon vélo. J'étais malade. La douleur me sciait la gorge quand j'avalais. Je ne savais plus si j'avais froid ou si j'avais chaud. Je savais au moins ce qui me manquait.

En parcourant les rues, il m'a paru miraculeux qu'elles n'aient pas disparu, comme disparaissent les gens, les sensations. J'ai reconnu la couleur des pierres et la taille des trottoirs. Des tramways sinuaient le long de l'Erdre. Les gens se rendaient au travail ou à l'école. Dans un square, deux vieux hommes en jogging et bonnet jouaient à la pétanque. Ce devaient être les mêmes qu'à l'époque, ou des amis à eux. Longtemps, la vision de ces vieux boulistes avait formé pour moi comme un petit horizon de bonheur. J'avais rêvé de finir comme eux, à la retraite, de venir ici tous les matins par grand soleil comme sous la pluie, sans autre dilemme que pointer ou tirer, sans plus personne à décevoir, mal habillée, ronchonne, ma petite vie circonscrite au boulodrome, disparaissant après chaque partie jusqu'au matin suivant, comme un moustique à la fin de l'été. Je les ai regardés, et cette fois je ne les ai pas enviés. Sauf mon respect et tous mes souvenirs, la pétanque ne suffisait plus. Il me fallait un autre jeu, un plus puissant. J'ai pris le chemin le plus court vers l'impasse Mikhaïl-Tal.

Le Fou était toujours là, au fond, son nom mal gravé sur la devanture en bois. La vitrine fumée cachait l'intérieur. J'ai poussé la porte. Elle était fermée. J'ai eu peur, entrevu un grand vide, puis lu l'écriteau : le bar ouvrait à dix heures. Il devait m'en rester une ou deux à attendre. Je me suis assise contre un poteau. Pour patienter, j'ai pensé aux échecs, révisé mentalement les variantes de ma défense sicilienne : Najdorf, Rauzer, Taïmanov. Les lignes étaient claires, congelées dans un coin de mon cerveau. Je m'en souvenais effrontément, mieux que d'autres choses sans doute plus importantes, les dates d'anniversaire, les conversations. Souvent, je blessais les gens par mes oublis. Ils y voyaient de la négligence. Je plaidais une mauvaise mémoire. C'était faux. Ma mémoire était bonne. Seulement ce n'était pas celle qui convenait. Mes yeux se fermaient. Ma tête tombait. Je n'ai pas lutté davantage. J'ai cherché un angle qui la maintienne contre le poteau, puis doucement, me suis laissé dériver.

L'année de mes neuf ans, mes parents s'étaient séparés. Ils m'avaient dit : Papa et maman ne se comprennent plus assez. Je l'avais vu. Depuis quelque temps, le soir après le dîner, on ne jouait plus. Je devais monter dans ma chambre et me débrouiller seule. J'avais entendu une fois mon père protester : On pourrait quand même faire au moins une partie, pour la petite. À cela, il me semblait que ma mère avait répondu : C'est pas pour elle que tu veux jouer.

Elle était partie vivre non loin, à Angers, chez un homme qui la faisait rire comme je ne l'avais jamais entendue, d'une voix gaie qui me fendait le cœur. On avait décidé pour moi que je me rendrais là-bas chaque week-end. Je n'aimais pas y aller. Je préférais rester à la maison avec mon père. Mon père, lui, n'avait pas changé. Il jouait toujours autant et même davantage depuis la séparation, comme à chaque fois qu'il était triste, comme quand son projet d'ouverture de garage avait raté, ou quand nous n'avions pas pu partir en vacances un été, ou quand ma grand-mère était morte.

Un soir, en rentrant de l'école, je l'avais trouvé en survêtement, à la table du salon, penché sur un échiquier.

— Viens voir, ma puce, je vais te montrer ça.

Je m'étais approchée. J'avais remarqué que mon père sentait mauvais. Il avait les cheveux un peu gras, les ongles un peu noirs. Il était sale. Je l'avais pourtant toujours connu très propre. Il m'avait dit une fois, se préparant avant une partie de palet, qu'il aimait mieux jouer douché, les dents brossées, les cheveux mouillés. Ce n'était pas tant de la propreté que de la discipline. Qu'il l'ait oublié condensait toute ma peine.

Le jeu nouveau, lui, dégageait une odeur agréable qui recouvrait celle de mon père, odeur profonde de bois et de poussière, qui ne cherchait pas à me séduire et donc m'attirait comme une porte de grenier.

— Ça s'appelle les échecs. Maman ne voulait pas que je t'apprenne aussi tôt.

— Pourquoi ?

— Elle avait peur que tu aimes un peu trop ça, comme moi. Mais ce n'est pas grave d'aimer ça. C'est même très bien. C'est plus qu'un jeu, tu verras.

Il m'avait expliqué les règles, déplaçant les pièces en exemple, de gestes lents et cérémonieux dont devait naître ma fascination. Nous avions joué. Pour la première fois peut-être, j'avais regretté que mon père ne m'aide pas davantage, que l'on ne fasse pas au moins une partie pour de faux, pour du beurre. Il était dur. Il avançait ses pions sans me regarder, le visage froid, figé dans l'effort. Il mangeait mes pièces en claquant les siennes sur le bois. M'ayant battue plusieurs fois, il avait dit :

— Maud, tu perds parce que ton jeu manque d'harmonie. Tes pièces sont mal placées. Tiens, regarde autour de nous. La maison, le jardin, la rue. Tu vois ? C'est pareil. Il n'y a pas d'harmonie.

Tu le sens ? Il y a des tentatives d'harmonie mais c'est imparfait. C'est décevant. Avec les échecs, tu peux réparer ça. Tu comprends ?

Il me faisait peur. Ses yeux étaient rouges. Je ne savais pas si c'était à cause de la poussière ou s'il pleurait.

— Je comprends. On rejoue ?

— Pardon, madame, je vais ouvrir.

Un homme me fixait. Je me suis levée d'un coup. Face à lui j'ai réalisé comme j'étais sale. Mes vêtements sentaient la rue. Un goût aigre me traînait dans la bouche. L'homme avait un air de pitié.

— Tout va bien, madame ? Vous n'avez pas froid ?

— Ça va. Je vous attendais.

Dans l'embarras, il m'a souri et a ouvert la porte. Je ne le connaissais pas. Plus jeune que moi. Un nouveau. Je l'ai suivi à l'intérieur du Fou.

Rien n'avait changé. Le bar ressemblait à un grenier vaguement aménagé. Il faisait sombre. Les poutres et le plancher exhalaient une forte odeur de bois. Chaque table disposait d'un échiquier et d'une pendule en plastique rouge. Aux murs étaient encadrées les photos de grands maîtres. Je me suis assurée de connaître encore les noms. Capablanca, Fischer, Tal, Karpov, Kasparov, Anand, Carlsen, et la seule femme, Polgár. Tous ces visages me narguaient. Tous avaient su se concentrer sur les échecs, sur un seul jeu, sans jamais dévier. Ils étaient devenus professionnels. On les avait applaudis, aimés, rémunérés pour leur vice. Et s'ils avaient basculé dans la folie, on leur avait pardonné. On avait pardonné à Fischer, à Morphy, à Steinitz. On les avait trouvés géniaux. On avait supposé qu'ils savaient quelque chose, qu'ils avaient de l'avance. Pendant ce temps, je m'étais dispersée. J'avais touché à tout. J'étais restée cette enfant à quatre pattes sur le tapis, au milieu de ses jouets.

Je suis passée aux toilettes. Il y avait un miroir. J'avais peur de me regarder. Je m'y suis forcée. J'étais pitoyable. J'étais défaite, voilà ce que j'ai pensé, comme si toutes ces années de bonne tenue, de maquillage et de sourires n'avaient servi à rien.

Parmi les coupures de journaux collées aux murs, j'ai reconnu cette photo de Mikhaïl Tal qui faisait des blitz, alité dans sa chambre d'hôpital. Il avait joué frénétiquement jusqu'à sa mort. Il avait refusé une opération du rein pour ne pas être disqualifié d'un tournoi. Sans doute alors y avait-il eu quelques idiots pour le traiter d'irresponsable ou de mauvais joueur. J'ai reconnu aussi, près de la chasse d'eau, cette citation injustement attribuée à Franck Ribéry : « La vie c'est comme les échecs, mais sans les dés. » J'ai ricané toute seule. Puis je suis retournée dans la salle.

Je me suis assise à la table 9. C'était toujours la même chaise. Elle grinçait quand on se penchait pour réfléchir. Le jeune homme est venu me voir. J'ai demandé un café et toutes les vieilles madeleines qui restaient dans le bocal en verre. J'ai bu et mangé. Malgré ma faim et ma soif, je n'ai pas ressenti de plaisir notable.

En attendant mes adversaires, j'ai ajusté mes pièces bien au milieu des cases. Soixante-quatre cases. À chaque moment d'une partie d'échecs, il existait un coup parfait, le meilleur coup de la position, celui qui permettait de prendre ou de garder l'avantage. Il était possible d'enchaîner ces coups-là, de réaliser la partie parfaite, sans la moindre erreur. Les ordinateurs y parvenaient. Parfois les joueurs s'en approchaient. Les joueurs en rêvaient. Le jour où tous en seraient capables, le jeu d'échecs serait résolu, comme une équation. Il n'y aurait plus qu'à se lever et à partir, laissant le jeu sur la table, petite preuve déjà oubliée, au milieu du bruit et de l'agitation. J'espérais que ce jour n'arriverait pas. Ou du moins que je serais morte avant.

J'ai entendu la porte, quelqu'un est entré. C'était un homme. Je serais probablement la seule femme aujourd'hui, je l'avais toujours été. Cela me valait ce subtil mélange de désir et de dédain, de méfiance et d'envie de m'apprendre des choses. Il fallait gagner froidement quelques parties pour que les hommes se calment. Ils manifestaient alors une camaraderie démesurée, presque touchante, comme soudain reconnaissants d'être débarrassés de leurs espoirs et de leurs jugements.

Il s'est d'abord installé au comptoir, l'air détaché comme s'il venait seulement boire un café. Les gens souvent se comportaient de cette manière. Je savais comment procéder. Tranquillement, j'ai laissé flotter mon regard dans le vide puis, comme par inadvertance, croisé le sien, qui faisait la même chose de son côté. Nous avons consenti d'un vague signe de tête, la bouche pincée pour ne pas trop sourire, pour rester dignes.

Il s'est assis en face de moi. J'ai proposé :

— 5 + 2 ?

— D'accord. Je m'appelle Joël.

L'information n'était pas nécessaire, mais soit.

— Anna.

Comme Anna Mouzytchouk. J'ai réglé la pendule : cinq minutes de jeu chacun, plus deux secondes de rajout par coup joué. Il m'a serré la main. Les manières s'arrêtaient là. J'ai ouvert par un gambit roi.

Aux échecs comme ailleurs, le style est affaire de tempérament. J'agressais. Je sacrifiais des pions. Je cherchais l'initiative constante, au risque de m'exposer à un contre ou à une finale perdante. Je jouais vite, parfois au bluff. Je voulais que l'adversaire ait peur, qu'il recule, que la partie pour lui consiste à se défendre, à repousser l'échéance – qu'il expérimente en quelque sorte ce que cela fait d'avoir une vie misérable.

J'ai gagné en vingt-trois coups. L'homme m'a tendu la main. En la serrant, j'ai lâché un sourire, comme une petite toxine libérée chimiquement par ma victoire. Dans un élan de curiosité sincère, quoique indéniablement pervers, je lui ai posé quelques questions sur la partie, l'ai complimenté sur un de ses coups, ai émis humblement des hypothèses. Puis, replaçant les pièces :

— Une autre ?

— Je vais m'arrêter là, merci. Je ne suis pas en grande forme.

Il s'est levé maladroitement, m'a saluée d'un petit sourire pincé. Éradication du hasard, tension nerveuse, forte implication égotique et aura séculaire du jeu, tous ces facteurs rendaient la défaite aux échecs singulièrement éprouvante. Elle côtoyait probablement la défaite au tennis ou à la boxe au sommet des tortures psychiques. Les joueurs employaient des méthodes diverses et plus ou moins honorables pour y survivre. Il y avait ceux qui n'admettaient jamais que l'adversaire avait bien joué, seulement qu'eux-mêmes avaient failli, à cause de leur fatigue ou d'un bref instant d'inattention. Ceux qui décrétaient soudain, avec un zèle suspect, que perdre ne les affectait pas, que l'essentiel était de prendre du plaisir, quitte à grossièrement contredire la hargne et la détresse qui tordaient leur visage au cours de l'agonie. Ceux qui se cherchaient confusément un autre terrain de domination, changeaient de sujet, vous faisaient savoir qu'ils jouaient mieux que vous au poker ou au go, gagnaient un plus gros salaire ou parlaient plusieurs langues. Ceux qui se muraient dans le silence. Ceux qui renversaient les pièces d'un revers de la main, ceux qui tapaient du poing, ceux qui criaient et ceux qui parfois s'effondraient en larmes. Pour ma part, j'étais capable d'à peu près toutes ces choses.

J'ai regardé autour de moi. D'autres gens étaient arrivés. Le bar flottait dans un silence épais. Parfois une tête pensive se levait, l'air contrarié.

J'ai fait un tour entre les tables pour trouver un nouvel adversaire. Je jaugeais les échiquiers en marmonnant, j'opinais, j'envoyais les signaux de mon intérêt. J'avais l'impression d'arpenter un club échangiste. Il devait y avoir des similitudes, à cela près qu'ici, une fois terminé, on recommençait tout de suite, sans satiété ni même souvenir de jouissance. Le plaisir suprême se nichait même là, dans la bascule d'une partie à l'autre, les pièces replacées sur leurs cases d'origine, tout l'espoir du monde redevenu permis. J'ai joué contre un adolescent, un homme en costard, un vieux taiseux, puis j'ai perdu le compte. Les joueurs se confondaient. Ils partaient, et d'autres entraient. J'oubliais les visages. Je me souvenais seulement des parties. Elles s'empilaient. Quand je gagnais, je voulais jouer contre plus fort. Quand je perdais, ce n'était pas grave, ou rien qu'un bref instant, puisqu'il suffisait de rejouer, puisque j'avais tout le temps. Je ne savais pas l'heure. Il n'y avait pas d'horloge au Fou. Rien que les pendules de jeu. La vitrine fumée bloquait la lumière du soleil, les lampes étaient toujours allumées. Il fallait se repérer au flux des boissons, café du matin, vin rouge ou bière du déjeuner, café de nouveau puis vin ou bière encore... Je ne buvais pas. Je n'avais pas soif. J'avais à peine un corps. Et je ne faisais plus l'effort de parler. Parler ne servait à rien. Peut-être même que je ne répondais plus, ni aux petits jeunes qui me demandaient mon classement sur Chess.com, ni aux puristes qui proposaient d'analyser, ni à ceux qui, parce qu'ils me voyaient seule à une table, s'imaginaient que je cherchais un peu plus qu'une partie, voulaient savoir mon âge, mes autres passions, ce que je faisais dans la vie. Dans la vie, je jouais aux échecs. Le reste pouvait brûler.

Un homme est apparu. J'ai reconnu son vêtement, un vieil imper noir d'où dépassaient deux jambes maigres, et sa queue-de-cheval, ses petites lunettes, son air incommodé par la porte, par le bruit, par l'existence même qu'il venait ici conjurer : c'était Maurizio, mon vieil adversaire, le meilleur joueur du Fou. Je me suis arrêtée en pleine partie. Depuis trois jours, c'était la première personne familière que je rencontrais, la première qui connaissait mon visage et mon nom.

Et brutalement, j'ai repensé à mon accident. Je l'avais oublié. J'étais bien sans lui. J'étais dans une sorte de rêve, des plus crédibles, de ceux que l'on fait au petit matin avant de se réveiller.

J'ai pris peur. J'ai craint que Maurizio ne sache, je ne savais quoi, que tout soit venu jusqu'à lui, qu'il ait vu ma tête à la télé. J'ai senti qu'il fallait partir. Je suis restée. Je me suis approchée de lui. Je n'étais pas nette, à la fois curieuse et méfiante, comme une bête sauvage.

— Bonjour, Maurizio.

— Ça alors, Maud.

Il m'observait sans bouger. On ne devinait jamais ce qu'il pensait. C'était sa force. On ne savait jamais s'il était content, s'il se sentait mal, s'il préparait un coup. J'ai décidé de lui faire confiance. Il avait vieilli. J'aurais voulu prendre des nouvelles, lui demander ce qu'il avait fait tout ce temps, mais je ne connaissais rien de sa vie, ni de son métier, ni de sa famille, ni de ce qu'il devenait une fois dehors, au tournant de l'impasse. J'avais pourtant le sentiment de retrouver un ami. Je m'en suis tenue à l'essentiel, la seule interaction qui vaille :

— Un petit blitz ?

Il n'a pas cillé.

— D'accord. Mais je passe d'abord aux toilettes.

Il a disparu. Je l'ai attendu à la table 9. J'ai attendu longtemps, plusieurs minutes. J'ai paniqué de nouveau. J'ai pensé : Il *sait*, il est en train d'appeler la police. Puis : Non, il triche, il révise nos ouvertures, il essaie de se rappeler mes lignes offensives contre sa Caro-Kann.

Enfin Maurizio est revenu. Il s'est assis. Il a retiré son imper et l'a suspendu à sa chaise. Il a ajusté ses pièces. Sans me regarder, il m'a serré la main et a démarré la pendule, comme si cette partie n'était que la suite d'une série, comme s'il n'y avait pas plus d'écart entre elle et la précédente qu'entre toutes les autres. C'était un joueur positionnel, un grand fou de la prudence, pour moi le plus dangereux des adversaires, de ceux qui savent attendre, ne rien faire, consolider secrètement leur jeu. Un joueur soporifique et brillant. Ailleurs, cela aurait donné un homme cloîtré, maniaque et pingre, ce qu'il était peut-être, je n'en savais rien.

La partie a duré. Je peinais. Mes poussées de pions ne marchaient pas. Je m'enfonçais dans de la tourbe. Mais étrangement, c'est Maurizio qui m'a paru souffrir. J'ai d'abord entendu son pied qui donnait de petits coups contre la chaise, puis remarqué sa main, si calme d'ordinaire, qui triturait les pions mangés. J'ai senti l'odeur de sa peau. Il transpirait. Sa bouche faisait des bruits mouillés. Parfois il regardait derrière lui. J'ai recalculé, cherché la faille que je n'aurais pas vue, le coup qui retournerait la partie. Il n'y avait rien. J'étais fichue. Je discernais des variantes par où Maurizio pouvait me mater en quatre ou cinq coups. Mais il ne les jouait pas. C'était absurde. Il ne faisait pas non plus de grandes erreurs. C'était comme s'il s'efforçait de neutraliser le jeu, de jouer chaque fois le coup qui prolongerait la partie. Comme s'il jouait avec moi.

Ou bien, comme s'il voulait gagner du temps.

J'ai essayé de croiser son regard. Il gardait la tête baissée. Au loin, j'ai cru entendre une sirène.

Je me suis levée d'un coup. Mes jambes ont heurté la table et renversé les pièces. Partie annulée, ai-je pensé confusément, puis je me suis ruée dehors.

J'ai couru dans l'impasse et au hasard des rues. Il faisait déjà nuit. J'avais passé toute la journée au Fou. Mon crâne brûlait, je voyais des cases partout ; les gens, les voitures, les tramways se déplaçaient en ligne ou en diagonale ; je ne sentais plus que les flux, les masses, les rapports de pression, la froide harmonie de la ville. Et dans ma sidération se rejouait l'accident. La nationale sous la pluie. Les taches de lumière. Mes yeux à demi sur la route, à demi sur le portable. Le choc. Le choc avait été grave. Maurizio sinon ne l'aurait jamais su et n'aurait pas voulu me piéger. Je devais avoir blessé quelqu'un, ou tué. J'y voyais une logique. J'avais conduit si follement, comme si le jeu ne me suffisait pas, qu'il me fallait beaucoup plus gros : percuter frontalement quelque chose, une voiture, une moto, n'importe quoi, un adversaire ;

percuter une fois pour toutes un adversaire, dans ce même élan de désir et de mort que face aux joueurs d'échecs, à Rayan, au forain, au patron du bar de fléchettes, aux trois hommes du bowling et à tous ces visages oubliés depuis mon enfance ; autant de drames évités, de petits sursis qui tous avaient convergé vers mon crime. Ma mère avait raison depuis le début. Elle m'avait dit une fois, en colère : Maud, dans mauvaise joueuse, il y a mauvaise, le jeu te rend mauvaise, le jeu révèle le mal en toi, regarde-toi, ma chérie, regarde dans quel état tu te mets, tu dois t'arrêter, un jour sinon ce sera trop tard, tu sais, on peut faire des choses terribles par envie de jouer, par envie de gagner, pense aux guerres, aux dictateurs, aux bombes atomiques, de quoi est-ce que ça part, tout ça, à ton avis ?

Je devais connaître mon crime. Je devais recharger ce foutu portable dans mon sac, faire une recherche Internet, *accident voiture Savenay Saint-Nazaire*. Mais je n'avais plus mon sac. J'avais dû l'oublier au Fou. Je n'avais plus rien. J'étais presque nue.

Dans l'avenue, j'ai repéré l'enseigne rouge d'un bureau de tabac. Je pouvais demander là-bas qu'on me prête un téléphone. Je suis entrée. Il faisait plus chaud. J'ai fait la queue derrière un homme qui achetait des cigarettes. Soudain, mon regard est tombé sur la vitrine en dessous de la caisse. Des couleurs brillantes. Des tickets à gratter. J'ai eu envie, une sorte d'envie terminale, nue comme je l'étais. Jouer de l'argent. Je n'avais jamais fait ça. Plus jeune, j'avais tout arrêté avant de découvrir ces abysses-là. Le jeu d'argent était resté pour moi cet interdit frappé de gravité, ce frisson de désir immédiatement réprimé, comme le regard d'un jeune homme seul la nuit sur les prostituées d'un boulevard. D'un regard, j'avais connu parfois le vertige des grands casinos en bord de mer, des tables de poker à l'infini vert feutré, des hippodromes de périphérie, des publicités géantes pour Betclic ou Winamax, et des tickets à gratter. Je pouvais maintenant. J'avais dans ma poche quelques pièces de la foire. Je pouvais jouer tout ce qui me restait, aller au bout de mon geste, comme si je misais ma peau. Et peut-être alors, si je gagnais, serait-ce une victoire différente des autres, non pas une consolation vaporeuse, mais solide, réelle, incarnée sans équivoque par mes euros multipliés, un gain qui serait comme un rachat, le rachat de toutes mes parties en trop, de mon crime et de ma propre personne égarée.

— Oui, madame ?

La buraliste me regardait. Je me suis penchée sur la vitrine.

— Un Astro, s'il vous plaît.

— Quel signe ?

— Taureau.

C'était le mien. Je n'avais jamais compris les superstitieux, comme les religieux, et voilà qu'à mon tour j'espérais mon salut du ciel. Elle m'a tendu un ticket. J'ai payé deux euros. Je me suis rappelé pourquoi j'étais là. J'ai pensé : Après, dès que j'aurai joué. Je suis sortie.

Je me suis assise sur le perron d'un immeuble à côté. Avec une autre pièce, je me suis lancée. Il fallait gratter huit étoiles et découvrir deux fois le symbole taureau, ou deux fois la même qualité humaine. La sensation du papier sous le métal, son infime résistance, sa fine abrasion m'ont procuré un petit fond de plaisir, comme raclé lui aussi. L'imminence, la possibilité du gain m'ont maintenue quelques secondes hors de moi-même et de la douleur. Puis j'ai perdu. Tout est retombé.

Mais il y avait encore un jeu bonus. Il fallait gratter cette fois la constellation du bas et découvrir deux fois le symbole terre. Je l'ai fait très lentement. J'ai découvert une première terre. Puis une deuxième. J'avais gagné. Quatre euros. Le double de ce que j'avais payé. Je pouvais donc acheter deux autres tickets. Mais je ne ressentais rien. Pas même un soulagement. Gagner ne me faisait plus d'effet. Le jeu ne marchait plus, comme un rideau trop fin, il laissait passer la réalité. J'avais envie de pleurer.

— Alors, jour de chance ?

Un homme assis par terre, plus sale que moi, une bière à la main, me souriait.

— T'as l'air sous le choc, ma cocotte, t'as gagné le gros lot ou quoi ?

Je n'ai pas su quoi répondre. Pour faire quelque chose, je lui ai donné mon ticket. Puis je suis partie.

J'ai longé l'avenue. Je ne savais plus où aller. Je n'osais pas retourner demander un téléphone au bureau de tabac, ni ailleurs. Il me semblait que mon cerveau trouverait partout une nouvelle ruse, un nouveau piège. Je marchais malgré moi sur les striures du trottoir. Je lorgnais les bandes des passages cloutés, les rampes d'escalier, les cailloux qui traînaient dans les parterres. Tout avait du potentiel, tout était suspect. Et dans la fièvre, un dernier grand jeu m'a tentée : inventer mes propres règles, les superposer tout entières au monde qui m'entourait et à ses lois, de sorte que mon crime, quel qu'il soit, cesse de me tourmenter, que je puisse tenir le coup et retrouver ma joie. J'ai fermé les yeux. Je suis restée immobile. Les voitures me frôlaient. Je sentais l'appel d'air. Je pouvais m'y jeter, au hasard. Un geste parfait, un coup de maître, et ce serait terminé.

C'est là que j'ai pensé à mon père. J'avais besoin de lui. Lui seul pourrait m'aider. J'étais habituée à chercher les solutions par moi-même, à résoudre les problèmes, les énigmes, les casse-tête, les rébus et les puzzles, mais je n'y parvenais plus. Il me fallait mon père, et ma maison d'enfance à Ludeaux. Ce n'était pas loin. J'avais déjà fait la plus grande partie du voyage.

Le pas vif, la tête baissée, je suis montée dans un tram en direction de la gare routière. Il était plein. C'était l'heure de sortie du travail. Tout le monde était sur son portable. Une forêt d'écrans flottait dans la rame. J'ai vu des jeux. My Farm, Tetris, Angry Birds, Candy Crush. Je me suis assise au fond. La tête contre la vitre, j'ai regardé les gens. Ils étaient calmes. J'ai songé que rien ne serait arrivé si j'avais su jouer comme eux. Jouer pour passer le temps. Pour rentrer plus vite à la maison. Pour le shoot de dopamine, pour battre un record, pour oublier les petits problèmes. Pour s'amuser. Pour rien. Comme ça.

Le car filait dans la campagne. Je dormais presque, les genoux serrés entre mes bras. Ma tête penchait selon les cahots. Un peu de morve me coulait du nez, je n'essuyais pas. À chaque village, les freins manquaient de me réveiller, et je priais confusément pour que le mouvement reprenne, continue à me porter dans la nuit.

Mon corps a réagi à la manœuvre quand le car s'est garé devant l'église de Ludeaux. J'ai ouvert les yeux. Il était vingt-deux heures. J'étais la dernière. Je suis descendue dans le froid. Le car est reparti, dévoilant l'église. Un instant, j'ai cru voir mon père. Il venait toujours me chercher là, avec le chien, qui me reconnaissait depuis l'autre côté de la place et tirait sur sa laisse en s'étouffant de joie.

J'ai traversé le bourg désert. J'étais plus calme, rassurée par les rues, par le bruit de la fontaine, comme si personne ne pouvait me poursuivre jusqu'ici, qu'une sorte de barrière de brume tenait cette petite ville hors du monde.

À cette heure, mon père devait boire sa tisane. Il avait dû dîner devant *Questions pour un champion* en donnant les réponses à voix haute. Il les avait toujours données. Il les donnait quand ma mère et moi étions sur le canapé avec lui, mais aussi quand nous étions dans une autre pièce et ne pouvions pas bien l'entendre. Il avait continué après que ma mère était partie. J'avais pensé qu'il le faisait pour moi. Mais un jour, en rentrant du collège sans qu'il me remarque, je l'avais vu, seul sur le canapé, qui donnait les réponses avec la même voix, le même sourire. Comme à chacune de ses victoires, son visage rayonnait, il n'était plus divorcé, plus chômeur, plus pauvre ni triste, il était champion.

Ma dernière visite remontait à sept ou huit mois. Je venais de moins en moins. Depuis que je ne jouais plus, mon père et moi peinions à communiquer. Après quelques minutes de conversation facile, d'échange de nouvelles et de politesses, un silence s'installait et grandissait au fil du séjour. On se retrouvait muets, souvent assis à la table de la cuisine, témoins mutuels et compatissants de notre embarras, de nos vains efforts, de notre renoncement. Au fond, ni lui ni moi n'avions jamais su faire. Jamais nous n'avions discuté vraiment, du moins jamais sans quelque chose entre nous, un objet, un paquet de cartes ou rien qu'un dé. Nous ne nous étions jamais non plus vraiment touchés qu'à travers le jeu, mon père me poussant sur la balançoire du jardin, me faisant tournoyer en l'air, me nourrissant dans ma chaise haute de grandes cuillères au bruit d'avion. Parfois, au milieu d'un silence, je décelais dans ses yeux l'envie d'un reproche, ravalé par pudeur : c'était ma faute. C'était moi qui avais renoncé. Il suffisait de rejouer pour se remettre à rire, à se connaître, à s'aimer comme avant.

La maison se repérait de loin grâce au panier de basket fixé sur la porte du garage. Les lumières étaient éteintes. Mon père dormait déjà. J'ai ouvert le portail et traversé le jardin. L'herbe était haute. Il y avait un ballon crevé. La table de ping-pong était bâchée. Le trampoline percé. Le portique en bois pourri ressemblait à une vieille girafe. Il n'y avait plus qu'une balançoire. Un peu d'eau stagnait dans le creux du toboggan. En haut du chêne, la cabane tenait toujours. Enfant, j'y dormais les soirs d'été. Je guettais l'ennemi avec ma lampe et mon arc. Un jour, j'avais cessé d'y grimper. Je ne savais plus quand, mais il y avait forcément un jour où, sans le savoir, j'en étais descendue pour la dernière fois.

La fenêtre de la cuisine ne fermait pas bien. Il fallait la réparer depuis vingt ans. Je l'ai ouverte en forçant sur le cadre. Je suis montée sur le rebord et j'ai sauté à l'aveugle par-dessus l'évier. Je me suis réceptionnée sans bruit, les mains sur le carrelage. L'odeur est venue en premier, odeur de pierre fraîche et d'enduit, mais il manquait le son du carillon, l'odeur de la maison venait toujours avec le son du carillon de la porte d'entrée. J'ai entendu des bruits sur le carrelage. C'était le chien, Jeep. En me reconnaissant, il a pissé de bonheur. Je l'ai caressé, serré dans mes bras. Il est allé chercher sa balle et l'a déposée à mes pieds. C'était un border collie. Il avait onze ans. Mon père l'avait adopté à mon départ de la maison. Au début, il jouait avec lui, le faisait courir dans le jardin. Puis avec le temps, il avait renoncé. L'énergie frustrée de Jeep avait muté en maladie. Il avait fait comme une dépression. J'ai lancé sa balle dans l'obscurité du salon. Il s'est précipité, agile et gai. Il l'a rapportée fièrement, l'a posée entre mes pieds et a attendu que je recommence, la gueule figée dans une sorte de grand sourire. J'ai relancé plusieurs fois, peut-être longtemps. À un moment, je me suis rappelé ce que je venais faire ici et je me suis arrêtée. Jeep est retourné sur son tapis.

J'ai allumé le plafonnier du salon. Tout m'a paru à la même place que la dernière fois, même les magazines sur la table basse. Canapé, fauteuil, télé, tapis beige sur carrelage blanc. C'était assez laid. Mon père n'aimait pas décorer. Après le départ de ma mère, il avait laissé mourir les plantes et descendu les bibelots à la cave. J'ai fait le tour de la pièce. Les meubles m'étaient devenus étrangers, ce n'étaient plus les miens, ils s'étaient nimbés de mystère comme l'étaient autrefois ceux de la maison de mes grands-parents à Rennes, en bois sombre et luisant d'encaustique, d'où j'exhumais de vieilles poupées en porcelaine et des soldats de plomb vibrant de secret, que je disposais tôt le matin dans le silence épais du salon. Sur la commode étaient exposés le backgammon, le tarot, les dames, les beaux jeux. Et sur le guéridon couvert de poussière, le vieil échiquier de mon père. Il n'y touchait plus. Il disait qu'il manquait d'adversaires. Je n'y croyais pas, le voisin d'en face aimait jouer. En vérité, il était fatigué. Il ne lui restait de force que pour les jeux simples, pour les jeux bêtes. Dans quelques années, il deviendrait l'un de ces spectres enfoncés dans leur fauteuil réglable, le visage perdu dans les couleurs d'un smartphone, qui finissent de vivre en jouant à Snake d'un index malhabile et acharné.

— Maud ?

Il était là, me dévisageant du haut de l'escalier, en pyjama, sa main posée sur la rampe. Il avait vieilli. Il ressemblait un peu plus à mon grand-père. Il est descendu dans un empressement lent, et m'a prise dans ses bras. Il avait l'air soulagé. Rien d'autre. Il a parlé vite, confusément : Yann l'avait prévenu. Tout le monde était mort d'inquiétude. Je ne répondais plus au téléphone. On avait appelé la police. Ils avaient retrouvé ma voiture abandonnée sur une aire de service. J'étais portée disparue.

J'ai demandé :

— Et l'accident ?

— Quel accident ?

J'ai flotté un instant.

— Mon accident… Le choc… Le choc sur ma voiture.

— Ça… Ils ont dit que tu avais heurté une barrière de chantier. Que c'était sans doute pour ça que tu t'étais arrêtée sur l'aire. Mais ensuite, ils ne savaient pas. Ils ont demandé s'il y avait des gens qui te voulaient du mal, ou si tu avais des problèmes d'alcool, ou de drogue, ou des choses à cacher. J'ai dit que non. Tout le monde a dit que non. Maud, qu'est-ce qui s'est passé ?

Je n'arrivais plus à penser. Le soulagement a duré un peu, puis il est retombé, et derrière c'était encore le même vide, la même angoisse.

— Il faut prévenir Yann et ta mère. Je les appelle, d'accord ?

— Non, ai-je lâché brusquement.

Il a secoué la tête, perturbé, m'a touché doucement le bras.

— D'accord. Viens. On va faire les choses calmement.

Je l'ai suivi dans la cuisine. Le chien est venu avec nous. Mon père m'a fait m'asseoir, m'a demandé si j'avais faim. J'ai dit oui, pour dire quelque chose. Il a fait chauffer de l'eau, sorti du fromage et de la charcuterie. Il les a mis dans des petites assiettes. Il a coupé du pain, ouvert un sachet de salade, préparé une vinaigrette. Il a versé la tisane et posé les tasses sur des soucoupes. Quand il n'a plus rien trouvé à faire, il s'est installé en face de moi.

— Maud, est-ce que ça va ?

J'ai hoché la tête. Il ne me croyait pas. Il me regardait avec toute sa peine. Il ne regardait pas seulement mes yeux, mais aussi mes cheveux, ma peau, mon pull, comme si le mensonge était disséminé sur moi.

— J'imagine que ça ne me concerne pas. On n'est pas obligés de parler. C'est comme tu sens.

J'ai hoché la tête encore. J'ai mangé. Le silence a duré.

C'était fini. Je n'avais plus de raison de fuir. Je n'en avais jamais eu. J'avais tout fabriqué. Au matin, probablement, j'appellerais Yann. Il viendrait me chercher. Il voudrait savoir. Il penserait des choses, sans doute les mêmes que mon père. Des dettes secrètes, un burn-out, un trou noir d'alcoolique ou de camée. Je pourrais lui dire la vérité, ou mentir. Au fond ça ne changerait rien. Je devrais partir. Il faudrait qu'il me quitte, ou que je le quitte, moi, pour ne pas lui refaire de mal. C'était mon problème.

Et après ? Où est-ce que j'irais ?

C'est là que la chose est revenue, comme un cafard sorti de sous un meuble. J'ai compris qu'elle ne me lâcherait pas, qu'elle me suivrait jusqu'au bout. Je l'ai laissée me prendre. Sournoisement, j'ai dit à mon père :

— Je crois que je n'arriverai pas à dormir…

— Je te tiendrai compagnie si tu veux.

— Pour passer le temps, peut-être qu'on pourrait…

— Dis-moi.

— Je ne sais pas, peut-être qu'on pourrait…

— On pourrait quoi ?

Il rougissait. Il y songeait aussi. J'ai lâché :

— On pourrait faire un jeu.

Il s'est figé. Son regard a dérivé vers le placard. Puis il s'est fixé sur moi, et j'y ai vu une compassion insupportable.

— Maud… je ne te comprends pas… je m'inquiète, je crois que tu devrais aller t'allonger, te reposer…

Il me trahissait. Il me regardait comme si j'étais malade. Si j'étais malade, c'était sa faute. C'était sa maladie. Il me l'avait transmise. Il n'avait pas le droit de me laisser seule avec.

— J'ai besoin. Juste un peu. Aide-moi.

Il avait peur. Il luttait, peut-être aussi contre sa propre envie honteuse.

— Tu es sûre ? Je veux juste que tu ailles bien, moi.

— Je suis sûre.

— Alors… d'accord. Si c'est vraiment ce que tu veux. Va choisir.

Je me suis levée. J'ai traversé le salon jusqu'au placard. Je l'ai ouvert. À l'intérieur il y avait bien cent boîtes entassées comme des tombes. J'ai fouillé, agacée par la poussière : Scrabble, Yams, Mastermind, Taboo, Trivial Pursuit, Richesses du Monde, Risk, Abalone, Mille Bornes, Time's Up, Touché Coulé, Rummikub, Cluedo, Mikado, La Bonne Paye, Perudo, Jungle Speed, Dix de Chute, Docteur Maboul, Catan, Carcassonne, Munchkin, Loups-Garous, Dixit, Twister, Qui est-ce… Rien ne suffisait, tout était pauvre, vulgaire et factice, tout puait le plastique et le vieux carton, tout m'écœurait. J'ai mis le pied sur une étagère pour regarder en haut. J'ai tendu le bras. L'étagère a craqué, je suis tombée en arrière et toutes les boîtes sont tombées avec moi, s'ouvrant dans la chute ; les dés, les pions, les cartes ont giclé sur la moquette. Je suis restée par terre. Une seconde, j'ai pensé que tout se mélangerait, qu'il faudrait trier pour ne rien confondre, que cela prendrait un temps fou. Puis je n'ai plus rien pensé du tout. Je n'en pouvais plus. J'ai pleuré, ce que je retenais depuis trois jours, ou depuis beaucoup plus longtemps.

Mon père m'a relevée lentement. Je me suis laissé faire. Il m'a soutenue et aidée à monter l'escalier. Il m'a emmenée dans ma chambre, allongée sur le lit. Il m'a donné de quoi faire ma toilette. Il n'osait plus parler. Il m'a serrée dans ses bras, longuement. J'ai senti sa joue piquante et creusée, son odeur de solitude, ses mains qui tremblaient. Avant de sortir, il a dit : Je suis désolé.

J'avais dormi quelques heures. Mes larmes avaient séché. Mes pieds touchaient le bout du lit, la couette me bordait des deux côtés. Les étoiles fluo collées au plafond brillaient encore d'un jaune infime, presque éteint, ou bien ce n'était que leur souvenir sur ma rétine. Dans la pénombre, je discernais les formes de ma chambre, mes posters de foot et de badminton, mon diabolo, ma Wii, mes puzzles, ma boîte de magie, mes boules de pétanque, ma tour Eiffel en Kapla sur la moquette bleue. Tout était là, en place, comme dans la chambre d'une morte. Tout un monde lointain. Bientôt la nuit finirait.

En bas dans le salon, le chien couinait. Il n'avait pas le droit de monter. Il m'attendait. J'ai décidé de le sortir. Tout le monde y gagnerait : Jeep serait content, mon père n'aurait pas à se fatiguer, et moi, je ferais mon premier geste normal depuis ces trois jours, je commencerais là mon retour au monde vrai.

Je me suis habillée. J'ai enfilé cette vieille doudoune rouge qui m'allait encore. Le couloir était éteint. En passant devant la chambre de mon père, je l'ai entendu ronfler. J'ai descendu l'escalier sans bruit, à l'aveugle. Mon corps connaissait le chemin, le nombre de marches et celles qui grinçaient. J'ai ouvert le troisième tiroir de la commode. Jeep a trépigné. Il savait ce qu'il y avait dedans. J'ai pris sa laisse, l'ai attachée. Sur le seuil, un instant, j'ai senti la maison flotter dans un calme, une permanence, une réalité insoutenables.

Les rues étaient désertes. Un peu de rose teintait la nuit. Les premiers oiseaux chantaient. Plus loin, un camion d'éboueurs freinait à intervalles réguliers. Jeep tirait sur sa laisse. Il reniflait partout, sautait dans les feuilles mortes, fouillait les parterres de fleurs, trouvait des branches ou des cailloux qu'il transportait sur quelques mètres avant de changer d'idée. En le regardant, je me suis sentie stupide et même un peu jalouse. Il jouait mieux que moi. Il le faisait dans le petit périmètre de sa laisse, sans artefact, sans règles ni notice ni plateau, et surtout sans dévier de sa promenade, dans une forme d'allant naturel que nul n'aurait su lui reprocher. C'était un chien.

À l'avenir, je pourrais m'en inspirer. Voilà peut-être ce qui m'avait manqué, les leçons d'un chien, qui savait faire jeu de l'ordinaire, sans rien fuir, d'un pur élan de sympathie et de curiosité. Un jour, je saurais me contenter d'une promenade, d'une étreinte ou d'une conversation. Je prendrais plaisir à la seule recherche d'un mot juste, d'un geste précis. Je ferais la course sans bruit ni mal, rien qu'en faisant des photocopies, ou en me brossant les dents, ou en m'appliquant au travail. Le jeu était partout. Je n'avais qu'à vivre simplement. Je cesserais d'être une mauvaise joueuse. Il se pouvait que je l'aie été tout ce temps non pas à cause de mon implication, ni de ma violence, ni de mon envie de gagner, mais seulement parce que je me trompais de jeu, parce que je ne voyais pas le seul qui vaille, pourtant là, sous mon nez.

Nous avons longé les deux ronds-points, l'allée de tilleuls, les vieilles halles. C'était le même chemin que celui de mon ancienne école primaire. J'ai éprouvé intacte cette sensation qu'il y avait à s'y rendre les matins d'hiver, dans le noir et dans le froid, encore engourdie de sommeil. J'ai pensé qu'autrefois c'était le même corps qui passait là. Il m'a semblé que les époques étaient de fines couches de papier-calque et qu'en plissant les yeux je devinerais, brumeuse, ma petite silhouette marcher à l'intérieur de moi.

J'ai traversé la rue Couperin où se trouvait l'école. Une institutrice nous avait expliqué une fois que François Couperin était un compositeur et nous avait fait écouter l'une de ses pièces, *Les Barricades mystérieuses.* Ces mots, cette musique, avaient déposé en moi une joie discrète et tenace. Ces barricades, je m'étais promis de les franchir un jour.

La cour était protégée par un mur en acier parsemé de trous en forme d'étoile. On pouvait voir à travers, je m'en souvenais, des parents le faisaient pour vérifier que leurs enfants avaient des amis. J'espérais que les miens le fassent aussi et soient fiers. J'ai collé mon visage contre le métal froid. Je ne discernais qu'une partie de l'espace. Pour une meilleure vue, je n'avais qu'à me suspendre au portail. J'ai attaché Jeep à un poteau. D'un bond, je me suis hissée à la bonne hauteur. La cour est apparue dans la nuit claire. J'ai reconnu le hêtre, le préau, la marelle, les buts de foot, le banc et le perron. C'était petit. Tout s'embrassait d'un regard. Il fallait fouler le sol pour ressentir les dimensions véritables, savoir qu'en fait c'était immense, comme un village, avec son centre, ses artères, ses quartiers lointains. À chaque récré, je déboulais ici, souvent la première, pour me venger des chaises, des adultes et du silence. Je rassemblais ma bande. On m'écoutait. Je décidais du jeu. Je fixais les règles et distribuais les rôles. Qui allait courir, qui allait aimer, qui allait régner et qui allait mourir. En dix minutes je façonnais un monde, et quand la cloche sonnait, quand le monde véritable reprenait ses droits, le mien restait là, invisible, dans ma tête appuyée contre la fenêtre qui donnait sur la cour.

J'ai vérifié derrière moi : personne. Jeep était calme. Je pouvais faire ce détour, trente secondes. C'était facile. Ce n'était pas méchant. Je reviens, ai-je soufflé. J'ai escaladé le portail et me suis laissé tomber de l'autre côté.

J'ai senti la texture souple et dure sous mes pieds, infiniment familière, comme encore imbibée de ma sueur et du sang de mes égratignures. Rien n'avait changé. On avait seulement repeint les lignes blanches au sol, érodées par le frottement de milliers de baskets. Elles s'effaçaient déjà aux principaux endroits de passage. Chaque année, de nouveaux enfants venaient courir ici comme s'ils étaient les premiers, heureux entre les murs, le regard assez bas pour ne pas voir le ciel et la ville qui dépassaient derrière. Je n'aurais su dire s'il valait mieux les prévenir, ou les laisser profiter. Au fond du préau, près des salles de classe, j'ai reconnu le vieux local en bois où l'on stockait le matériel de récré, les ballons, les cordes à sauter, les élastiques et les anneaux. Il y avait un cadenas. Le surveillant venait le déverrouiller et je lui tournais autour en m'accrochant à son bras, le suppliant de se dépêcher, feignant une crise de nerfs, et puis la porte s'ouvrait, libérant une odeur jamais oubliée, ineffable, dont je retrouverais plus tard de pauvres bribes dans les vestiaires des clubs de sport, dans les cabines de plage ou dans les vieux garages ; sans doute n'était-ce que l'odeur du renfermé, de la transpiration et du plastique mouillé ; pourtant, de toutes celles respirées depuis lors, pas une, ni même celle de la peau d'un être aimé, ne l'avait surpassée.

Je me suis approchée du local, et soudain, une sonnerie s'est déclenchée. Un bruit saccadé et strident. Je me suis figée. C'était l'alarme d'intrusion. Je devais partir vite, repasser le portail et reprendre la promenade avec Jeep. C'était simple. Mais je n'ai pas bougé. Je suis restée sous le préau, dans la cour vide, la douleur de la sonnerie dans mes tympans. J'ai attendu.

Je ne sais pas combien de temps s'est écoulé. Le bruit m'est devenu familier, presque agréable. Les premières lueurs du jour pointaient. La ville se réveillait. J'étais calme. Seule la solitude de Jeep m'inquiétait, mais j'avais mon idée pour lui.

C'est arrivé enfin. Le portail s'est ouvert. Mon adversaire est entré. C'était un gendarme de cinquante ans. J'ai senti mon cœur. Cette terreur, qui devait être celle des soldats, des maquisards ou des prisonniers en cavale, cette pure terreur que je n'avais fait qu'effleurer ces derniers jours, ou enfant les nuits de cache-cache dans le jardin noir, cette terreur je l'éprouvais maintenant, je la tenais.

L'homme m'a vue. Il a secoué la tête. Il n'avait pas peur. Il devait me prendre pour une folle égarée, ou peut-être une militante d'une cause qui le fatiguait d'avance.

— Madame, vous n'avez pas le droit d'être ici. Avancez vers moi, les mains visibles.

J'ai fait ce qu'il disait. Je me suis avancée.

J'avais déjà fait ça. J'étais déjà sortie de l'ombre du préau face à quelqu'un qui voulait m'attraper. Soudain, j'ai couru. Surpris, le gendarme a foncé sur moi. Je l'ai esquivé. J'aurais pu continuer jusqu'au portail mais je me suis retournée et je l'ai esquivé encore, plusieurs fois. Il était moins vif, facile à feinter. Il a crié des choses que je n'ai pas écoutées, concentrée sur mes appuis. Peu à peu j'ai resserré le périmètre, pour le défi, pour le rendre fou. Les frottements de ma doudoune faisaient un bruit de vent.

De tous les jeux de ma vie, le meilleur restait l'épervier. Quand, dernière survivante, je courais poursuivie par tous les enfants de l'école, il me semblait que je portais avec moi le destin du monde et l'espoir que rien ne cesserait jamais, ni le jeu, ni la récré, ni la joie qui me sifflait aux oreilles.

Au bout d'un moment, le gendarme a capitulé. Il s'est arrêté, les mains sur les cuisses, rouge d'effort et de colère. Je me suis arrêtée aussi, à cinq ou six mètres de lui. J'aurais voulu l'aider, le relever, lui donner de l'eau pour qu'il puisse courir encore. Et puis, lentement, il a sorti son arme. Il l'a pointée sur moi. Essoufflé, il peinait à parler.

— À genoux, mains sur la tête.

C'était le moment. J'ai feint de me baisser, puis brusquement je me suis retournée et ruée vers le portail. J'ai couru en zigzag, comme j'avais toujours su que je le ferais le jour où l'on voudrait me tirer une balle, une flèche ou un carreau. Mais il n'a pas tiré. J'ai craint qu'il ne bouge pas, qu'il renonce, que je n'aie rien fait d'assez grave. Puis je l'ai senti enfin qui me poursuivait.

Je me suis précipitée dans la rue. Jeep aboyait. Je l'ai détaché, non pas du poteau, mais directement de sa laisse. Et j'ai couru. Il a couru avec moi, les yeux fous. J'ai jeté un regard en arrière et vu la laisse qui traînait comme une vieille chaîne sur le trottoir, et le gendarme qui montait dans sa voiture. Il appellerait des renforts. Je prendrais les petites rues vers le ruisseau et la forêt. Je ferais de mon mieux. Je finirais ma course, comme un poulet sans tête. Peut-être ne tiendrais-je que quelques minutes, ou une heure, ou trois jours de plus. Ce serait toujours ça de gagné.

Cet ouvrage a été mis en pages par

<pixellence>

Imprimé en France par CPI
en mai 2025

Dépôt légal : août 2025
N° d'édition : 646610-0
N° d'impression : 183730

La mauvaise joueuse

Du même auteur

La Chaleur, Flammarion, 2019 (prix Femina des lycéens, prix de la Vocation, prix Ouest, prix littéraire des lycéens des Pays de la Loire) ; J'ai lu, 2021.

L'homme qui danse, Flammarion, 2022 (prix Maison Rouge, prix Blù Jean-Marc Roberts, prix Livres & Musiques de Deauville) ; J'ai lu, 2024.